28317

KOPF GEGEN BETON

KOPF GEGEN BETON

GEORG BYDLINSKI · ERZÄHLUNGEN

Mit Fotos von Hubert Rinner
und einem Nachwort von Erwin Ringel

Umschlagbild von Josef Bramer

edition umbruch

Gedruckt mit Unterstützung
des Bundesministeriums für Unterricht, Kunst und Sport
und des Landes Niederösterreich

Erstausgabe 1986

2340 Mödling b. Wien, Giannonigasse 27/2
Gesetzt aus der Meridien 12/15 Punkt
Gedruckt auf Werkdruck gelblichweiß 100 g, 1,75 vol.
Gesamtherstellung: Druckerei St. Gabriel, 2340 Mödling
Printed in Austria
ISBN 3-900602-01-8

Inhalt

Frühaufsteher

Die Ampel auf der noch fast leeren Straße zeigte Grün, Brunner nahm die Abzweigung zur Siedlung. Er parkte seinen Golf an ihrem westlichen Rand; im Halbdunkel zwischen den Straßenlampen hatte er es schwer, in die enge Parklücke zu finden. Als der Wagen stand, ließ Brunner den Motor weiterlaufen, es war kalt. Er schaute auf die Uhr. Dreiviertel sechs, er hatte noch Zeit. Laut Dienstbuch begann der Tag um punkt sechs Uhr. Brunner griff nach der Thermosflasche mit dem heißen Tee, den er mit etwas Rum verfeinert hatte, und trank. Der Schein der Straßenbeleuchtung reichte bis an die Außenwände der Betonblocks, einige Stockwerke hoch, die oberen Etagen blieben dunkel, nur die bereits erleuchteten Fenster waren grelle Rechtecke, hinter denen sich hier und dort Gestalten bewegten.

Brunner wartete. Er starrte ins Dunkel, das sich allmählich zu lichten begann, als hätte der Tag heute einmal vor, sich an Brunners Dienstbuch zu halten. Kurz vor sechs stieg Brunner aus, verschloß den Wagen. Er wählte einen der Fußwege zwischen den Wohnblocks, die in diesem Teil der Siedlung besonders dicht standen.

Brunner hatte im Lauf der Jahre einen geschärften

Blick für Türen bekommen. Während er noch an niedrigeren Blöcken und Einfamilienhäusern entlang auf die Hochhäuser zuging, betrachtete er beinahe zwanghaft jeden Eingang, an dem er vorüberkam. Er schätzte den Charakter der Bewohner nach der Gestaltung ihrer Türen ein, manche Reihenhäuser hatten bonzige Windfänge vorgebaut, wie ein Bauchladen, dachte Brunner, teils mit Keramikfliesen verkleidet, andere aus bereits angerostetem Metall. An mehreren Türen sah er Messinglöwenköpfe mit Nasenringen als Türklopfer, anderswo riesige verschnörkelte Namensschilder, auf denen der Titel des Besitzers seinen Vornamen verdrängt hatte.
Brunner hatte die Aktentasche unter den rechten Arm geklemmt und rieb seine kalten Hände. Vor ihm ragte eines der Hochhäuser in den nun bereits grauen Himmel, die Fassade schien fast in ihn überzugehen. Zwölf Stockwerke, wie in den Häusern daneben. Der Papierkorb vor dem Eingang war umgestülpt, der Müll auf dem Boden verstreut, vom Wind über die Wiese verteilt. Brunner betrachtete das riesige Klingelbrett. Er betrat das Vorhaus und drückte den Liftknopf. Das Licht leuchtete gelb, aber der Aufzug kam nicht. Wohl wieder demoliert, und er mußte in den zehnten Stock!
Beim Hinaufsteigen dachte Brunner an die Gesichter der Leute, die er jeden Morgen sah, feindselige, ab-

weisende, unterwürfige, hoffnungslose Gesichter. Gesichter, aus dem Schlaf geholt durch sein Läuten, unsicher, ob sie noch träumten. Menschen in Morgenmänteln, in Pyjamas, offene Betten, der muffige Geruch nach Schlaf, hier und da vermischt mit frischem Kaffeeduft aus der Küche. Selten, daß man ihm einen Kaffee anbot, kein Wunder.
Das Treppengeländer im Stiegenhaus war zu nahe an der rauhen Wand montiert, fast hätte sich Brunner die Finger aufgeschürft. Der Boden war dreckverschmiert, an den Wänden Urinränder, es roch, als hätte wochenlang niemand gelüftet. Riesig an eine Wand gesprayt der Name eines Fußballklubs, daneben ein Hakenkreuz. Und natürlich fast an jedem Treppenabsatz die Zeichnungen, Kritzeleien, nackte Frauen mit gespreizten Beinen, Penisse ohne dazugehörige Körper und die Sprüche, oft gereimt, mit vielen Rechtschreibfehlern.
Im fünften Stock blickte Brunner aus dem Fenster. Er sah die Sonne, wie eine Münze aus dem dunstigen Himmel herausgebrochen, hell, mit übermäßig scharfen Rändern. Die Umrisse der Bauten im Osten dagegen boten keinen Ruhepunkt fürs Auge, wie übereinandergewürfeltes Betonspielzeug sahen sie aus, ein Neben-, Gegen- und Übereinander von Fensterfronten, Dächern, Balkonen.
Brunner stieg weiter hinauf, er schnaufte vor An-

strengung. Als er im siebenten Stock neuerlich aus dem Fenster blickte, sah er in einiger Entfernung ein grüngestrichenes altes Haus mit einem hölzernen Schuppen, das von der Siedlung umzingelt worden war.

Brunner war im Stiegenhaus noch niemandem begegnet. Das Dienstabzeichen trug er verdeckt, die Pfändungsmarken lagen in der Aktentasche bereit. Am Nachmittag würde er in der Kanzlei die Formulare ausfüllen, Tag und Ort der Versteigerung und die gepfändeten Gegenstände anführen, Videospiele, Fernsehapparate, Konversationslexika …

In diesen Häusern wohnten viele Sozialfälle, das wußte er, Leute, die aus den Baracken ein paar Straßen weiter hierher umgesiedelt worden waren; dort hatten sie auf engstem Raum zusammengelebt, hier hatten sie auf einmal Platz, eine Wohnung, weißgetüncht, mit kahlen Wänden, die man erst einrichten mußte, um sie sich richtig anzueignen. Die Möbel aus dem Versandhaus, „auch Teilzahlung möglich", kaum jemand dachte an die Kosten. Die ungewohnte Zentralheizung mußte nur aufgedreht werden, damit man es warm hatte, das Fernheizwerk schickte Rechnungen, später Mahnbriefe, wenn das alles nichts nützte, rief man ihn, Brunner.

Brunner hatte Herzklopfen vom Stiegensteigen, er war nicht in Form, vielleicht sollte er abnehmen. Im zehnten Stock suchte er die Tür, sie war orangerot gestrichen wie alle anderen Türen in dieser und in allen anderen Etagen, der einzige Anhaltspunkt war das Namensschild unter dem Türspion. Brunner läutete, die Klingel schrillte. Brunner läutete ein zweitesmal. Er hörte Schritte hinter der Tür. Niemand öffnete. Brunner läutete wieder, er hielt jetzt den Atem an. Er stellte seine Aktentasche hin und legte ein Ohr an die Tür. „Aufmachen!" rief Brunner. „Behörde! Exekutionsgericht!" Und dann: „Wenn Sie nicht öffnen, komme ich mit einem Schlosser wieder!"

Brunner schwitzte, er fuhr sich mit der Handfläche über die Stirn. Er öffnete seine Tasche und schrieb ein Protokoll. Eines der Pfändungsformulare, die im Gemeindebüro ausgehängt wurden, fiel auf den schmutzigen Gangboden, Brunner ließ es dort liegen. Beim Abstieg fiel ihm der Mann ein, der sich am Morgen vor der in seiner eigenen Wohnung stattfindenden Versteigerung umgebracht hatte; sie fanden ihn im Badezimmer, angezogen in der Wanne liegend, er hatte sich mit einer Rasierklinge die Pulsadern geöffnet. Seine Augen blickten starr Richtung Tür, als fürchte er, zu früh entdeckt zu werden —

Im fünften Stock begann sich Brunner auf die Nachmittagsarbeit in der hellen, geheizten Kanzlei zu freuen.

PRO PERSON
7.-
5

Schiurlaub

Karl Faltner erwachte zur gleichen Zeit wie immer, obwohl der Chef ihn vor drei Wochen gekündigt hatte und der Wecker nicht gestellt war; die innere Uhr war nicht auszuschalten. Elfriede schlief noch. Während er sie ansah, ihren von ihm weggedrehten Körper, fiel es ihm ein: Urlaubsbeginn. In einer Lichtbahn, die Elfriedes Schulter streifte, tanzte feiner Staub.

Sie packten die Koffer, trugen sie in den Lift, fuhren ins Erdgeschoß, stellten sie in den Hof. Karl lenkte den alten Opel ins Fahrverbot, ließ den Motor so lange laufen, bis die ersten Nachbarn an den Fenstern standen. Er grüßte hinauf und machte sich mit ernstem Gesicht daran, den Schiträger auf dem Dach zu montieren. Elfriede schlichtete das Gepäck in den Kofferraum, zwei übervolle Taschen stellte sie auf den Rücksitz, sodaß es aussah, als säßen dort zwei kleine dicke Leute. Dann holten sie gemeinsam die Schi.

„Wohin geht's denn heuer?"
„Wieder nach St. Anton", erwiderte Karl.
„Daß Sie sich das leisten können", fragte die Nachbarin weiter, „vor allem jetzt, wo ..."

„Er hat ja gut verdient", schnitt Elfriede ihr das Wort ab. „Unseren Schiurlaub lassen wir uns von niemandem nehmen!"
Einige Nachbarn winkten, als Faltner mit seinem Opel auf dem schmalen Gehweg zurückschob, Elfriede winkte auch. Bald hatten sie die Siedlung hinter sich; Karl schaltete das Autoradio ein. Beide redeten wenig. Sie fuhren aus der Stadt auf die Autobahn. Zwei Abfahrten später verließen sie sie wieder.

„Sölden, 1377—3058 m: Das alpine Skidorado im inneren Ötztal lädt ein. Lange Sonnenscheindauer auf den Pisten, knackige Urlaubsbräune. Action bei Ski und Après-Ski sorgt für abenteuerliche Erlebnisse.
Lech am Arlberg, 1450—2442 m: Inmitten einer mächtigen Gebirgskulisse liegt dieses noble Bergdorf mit internationalem Flair. Seine traumhaften Pisten, die traditionsreiche Gastronomie und die ungezwungene Geselligkeit haben es weltberühmt gemacht. Trotz moderner Infrastruktur ist Lech idyllisch geblieben.
St. Anton am Arlberg ..."
Karl Faltner knallte den Prospekt auf den Tisch und bestellte bei seinem Schwager ein Bier.

Elfriede hatte den Gasthof ihres Bruders, der in einem Dorf nördlich der Stadt lag, verlassen und spazierte auf der verschneiten Hauptstraße. Die Gegend

war eben wie ein Brett, sie hatten die Schi sofort nach der Ankunft im Keller verstaut, damit niemand sie für verrückt hielt.
Elfriede ging durch die Kellergasse am Dorfrand, durch die wenigen Straßen, an den eingeschoßigen Häusern vorbei; hinter den Fenstervorhängen spürte sie Augen auf sich gerichtet. Aus einem offenen Aluminiumfenster grüßte ein Kind und versteckte sich dann sofort.
Hier würden sie eine Woche lang bleiben. Ihr Bruder hatte ihnen einen Sonderpreis gemacht.

Mittags, wenn die Weltcuprennen übertragen wurden, füllte sich die Gaststube. Karl saß auf seinem Stammplatz, wo er große Teile des Tages verbrachte, und starrte auf den Bildschirm oben in der Zimmerecke. Dort rasten die Rennläufer über knirschenden Schnee zu Tal; die aufgeregte Stimme des Reporters ging in den Kommentaren der Zuseher unter. Karl wurde immer ruhiger, mit dem fünften Bier breitete sich sogar Behaglichkeit in ihm aus, eine wärmende Behaglichkeit, die durch seinen ganzen Körper bis in die Zehenspitzen kroch.

Elfriede hatte vor der Abreise einige übriggebliebene Ansichtskarten aus dem Vorjahr gefunden und mitgenommen. *St. Anton am Arlberg,* die Bilder zeigten

Sonnenlicht auf Tiefschneehängen, die Valluga mit Seilbahn, das Dorf selbst mit den weißen Bergspitzen im Hintergrund. Während Karl im Schankraum saß, adressierte Elfriede die Karten, schrieb Grüße an Bekannte darauf, klebte Briefmarken. Sie vergaß die Reiserers nicht, die unter ihnen wohnten und mit denen sie vor zwei Jahren gemeinsam auf Schiurlaub gewesen waren. Die frankierten Karten steckte Elfriede in ein Kuvert, das sie gleich heute ihrem Schilehrer in St. Anton schicken würde — mit der Bitte, die Karten dort in den Postkasten zu werfen.

„Karl, bist du fertig?"
„Gleich — soll ich die Höhensonne eingeschaltet lassen?"
Das Zimmer war klein und schmal, das Fenster ging hinaus auf den Hof, wo in ungeordneten Stößen die Bretter eines kürzlich abgerissenen Schuppens lagen. Neben den Stößen entdeckte Elfriede drei Krähen, bis zum Gefieder im Schnee, die mit den Schnäbeln in den gefrorenen Boden hackten. Das Zaungitter an der Grenze zum Nachbargrundstück zeichnete Muster auf den Schnee, Lichtquadrate, von Schattengrenzen umgeben; Elfriede begann die Quadrate zu zählen.
„Du bist dran", rief Karl von dem Tisch mit der Höhensonne herüber.

„Sind wir die einzigen Gäste, Walter?“ fragte Elfriede.
„Derzeit ja“, antwortete ihr Bruder. „Übermorgen kommt ein Vertreter, der bleibt über Nacht, aber sonst ...“
„Kannst du ein bißchen mehr heizen, Walter, ich erfriere.“
Walter lachte, machte mit Daumen und Zeigefinger die Bewegung des Geldzählens und trat hinter die Schank, um drei Schnäpse zu holen.

Karl ging nur selten auf Elfriedes Spaziergänge mit, meist lag er im Zimmer und döste, oder er saß in der Gaststube neben dem eingeschalteten Radio. Hier war es wärmer als oben, und er mußte keine Treppe hinuntersteigen, wenn er ein Bier wollte. Der Prospekt des Reisebüros lag auf seinem Stammtisch, er blätterte ihn durch, prägte sich die Namen von Bergen und Abfahrten ein, wiederholte sie so lange, bis sie sich von ihren Bedeutungen lösten und nur noch klangen, eine geheimnisvolle Begleitmusik zu seinem im Bierrausch verschwimmenden Nichtstun.

Elfriede kannte den Ort bald auswendig, die Straßen, die Wege, die Pestsäule vor der Kirche, die wenigen Geschäfte, den Löschteich beim Feuerwehrhaus — sie hätte überall hingefunden, mit geschlossenen Augen. Der Teich trug eine dünne Schneeschicht über der dicken Eisdecke, darauf lagen einzelne dürre Blätter von den nahen Bäumen, Blätter, die bei jedem Windstoß über das Eis glitten oder sich wie kleine Walzen fortbewegten. Elfriede begann Spaß zu finden an der Leere des Ortes, an seiner Ereignislosigkeit. Lange betrachtete sie das nun stillliegende Laub auf dem weißen Untergrund und das an manchen Stellen durchglänzende Eis.

„Hallo, Herr Havlicek, hier ist Faltner", sagte Karl in den Hörer. „Ich rufe aus St. Anton an. Wir haben vor der Abfahrt vergessen, die Blumen zu gießen. Die Hektik, Sie verstehen. Könnten Sie so gut sein und... Damit sie uns nicht eingehen! Sie haben ja als Hausbesorger einen Schlüssel. Und grüßen Sie unsere Nachbarn, wenn Sie sie sehen. Ja, es geht uns blendend!"
Karl drehte sich zu Walter hin. „Sie klingen so nah, hat er gesagt, der Havlicek!"
„Jaja, die Technik", scherzte Walter.
„Verdammt nochmal, bring mir ein Bier!"

Elfriede war über den Ortsrand hinausspaziert, hatte die angrenzenden Bauernhäuser hinter sich gelassen, sie ging leicht, in die weite Ebene hinein, aus der nur die Masten der Hochspannungsleitung ragten, wie Riesen, die durch ein Schneefeld wandern. Es begann

zu schneien, große Flocken fielen, unregelmäßig, in verschiedenen Richtungen; wenn Elfriede eine Flocke fixierte, sah sie, daß die sich senkte, wieder hob, seitlich schwebte, von neuem dem Boden zustrebte. Sie spürte die Flocken auf Haar und Gesicht und ließ sie sich auf die offenen Handflächen fallen.
Plötzlich merkte sie: Karl würde sie hier nur stören.

„Wo warst du so lang?“
Karl saß allein im Schankraum; Elfriede erkannte an seiner Stimme, daß er zuviel getrunken hatte.
„Spazieren.“
„Spazieren, sowas, es ist stockfinster.“
„Das hat diese Jahreszeit so an sich.“
Karl schenkte sich Bier nach, der Schaum stieg über den Rand des Glases, wie eine Krone, die aber gleich zerfloß.
„Ich wünsche nicht, daß du so lang draußen bleibst!“
„Ich bin doch erst vor einer Stunde weggegangen.“
„Mir egal, es ist stockfinster!“ Er machte einen Schluck.
Elfriede lachte. „Ich paß schon auf mich auf“, sagte sie sanft, seinen Zorn ignorierend. „Du hättest mich ja begleiten können, wenn du Angst um mich hast.“
„Ich? Was soll ich in diesem blöden Kaff!“
„Sag nicht blödes Kaff, es ist immerhin das Dorf meines Bruders.“

„Gut. Was soll ich in diesem *Scheiß*kaff!"
„Karl!"
„Ja!" Er packte die leere Bierflasche und zertrümmerte sie an der Tischkante. Die Scherben flogen bis zur Theke. „Scheißkaff!" wiederholte er und hielt den Hals der Flasche gegen seine Frau gerichtet.

o o o

Karl Faltner erwachte später als sonst, mit starken Kopfschmerzen. Das Bett seiner Frau war leer, Elfriede war nicht im Zimmer. Die Koffer standen gepackt zwischen Waschbecken und Tür. Als er ans Fenster trat, sah er Elfriede mit Walter beim Auto im Hof.

Faltner lenkte den alten Opel ins Fahrverbot und ließ den Motor so lange laufen, bis die ersten Nachbarn an den Fenstern standen. Elfriede und er hatten die Fahrt über kaum ein Wort miteinander geredet. Karl stieg aus und nahm die Schi vom Autodach, Elfriede lud das Gepäck aus.
„Danke für Ihre Karte aus St. Anton", rief Frau Reiserer aus dem zweiten Stock herunter. Und: „Schön braun sind Sie beide geworden!"

Stundenplan

Herr Lederer war aufgestanden, hatte sich an dem neben seinem Bett montierten Haltegriff hochgezogen, das Zimmer durchquert und die Balkontür geöffnet. Jetzt stand er draußen, im Schlafrock, streckte die Arme zur Seite, atmete.

Dies war ihm die liebste Zeit des Tages: der Geruch der Morgenluft, die gedämpften Geräusche der Motoren von der Autobahn her. Als Herr Lederer von seinem kleinen Balkon auf die Grünanlage, die Straße, die leeren Gehwege blickte, hatte er das Gefühl, der heimliche Herrscher über diesen Morgen zu sein.

Er ließ die Arme langsam kreisen, dann den Kopf. Kniebeugen machen konnte er nicht mehr, der Zustand seines kranken Beines hatte sich weiter verschlechtert. Herr Lederer genoß es, den Tag wie in Zeitlupe zu beginnen; niemand war auf der Straße, der eilte, es gab keinen Maßstab, nach dem er hätte gemessen werden können, er durfte so langsam sein, wie er wollte, ohne schlechtes Gewissen.

Als Herr Lederer seine Turnübungen beendet hatte, hielt er Ausschau nach den Krähen. Sie waren noch nicht fortgeflogen. Zwei der Vögel hockten auf einer Straßenlaterne; einige stolzierten über den Rasen; eine einzelne Krähe saß auf einem Verbotsschild und

krächzte, bei jedem Schrei spreizte sie ihre Schwanzfedern hoch.
Herr Lederer betrachtete sie. Dann griff er in den Plastiksack neben der Balkontür, in dem er kleingeschnittenen Speck aufbewahrte, er holte Schwung und ließ eine Speckladung in die Grünanlage prasseln. Herr Lederer lächelte. Er freute sich am Gewimmel der Krähen, beobachtete die Tiere genau: wie sie sich einen Speckwürfel schnappten und dann blitzschnell auf ein Dach, eine Fernsehantenne, einen Baumwipfel flogen, um beim Verzehren der Beute allein zu sein. Herr Lederer wandte sich mühsam um und ging in die Wohnung. Er war selber hungrig geworden.

Erna Gschweidl war zweiundsiebzig, dick, weißhaarig und bewohnte eine Garçonnière im selben Stockwerk, in dem auch Herrn Lederers Wohnung lag. Ihre winzige Küche war mit weißlackierten, blankgeputzten Möbeln vollgestopft: ein Eßtisch, eine Eckbank, zwei Sessel, ein schmaler hoher Schrank und eine schwere Kredenz. Inmitten ihrer Möbel saß Erna Gschweidl und trank Kaffee. Zwischen den Schlucken biß sie von einem trockenen Mohnstriezel ab. Das Radio spielte Volksmusik.
Nach dem Frühstück begab sich Erna Gschweidl an ihren Beobachtungsposten, das Fenster, das auf den

Gehweg hinausging. Sie blickte auf die Uhr: sieben Uhr fünfundzwanzig. Sie war im Zeitplan. Ab etwa sieben Uhr dreißig machten sich die Volksschüler auf den Weg, zu Fuß, mit dem Fahrrad, einzeln oder in Gruppen. Sie kannte fast alle von ihnen, zwar nicht mit Namen, das nur in Ausnahmefällen, aber sie hatte für jedes Kind eine eigene Bezeichnung gefunden: der mit der knallroten Tasche, das Schneewittchen, das Dickerl, der Grinsende ...
Als die Kinder in der Schule waren, begann für Erna Gschweidl wieder die Zeit, in der sich wenig ereignete. Gewiß, manche Hausfrauen gingen täglich exakt zur selben Stunde einkaufen. Aber sonst passierte nicht viel. Das Warten auf den Briefträger fing erst später an.

Herr Lederer kämpfte sich aus dem Sofa hoch. Er hatte Lust bekommen, außer Haus zu gehen und im Restaurant einen Kaffee zu trinken. Natürlich hätte er sich den Kaffee auch selber zubereiten können, er besaß eine Kaffeemaschine und Filtertüten, es wäre nicht weiter schwierig gewesen, aber irgendwie war es doch etwas anderes, den Kaffee im Restaurant zu trinken. Nicht nur, weil er dort besser schmeckte. Herr Lederer liebte es, im Restaurant zu sitzen, einfach dazusitzen, wenn die Kellnerin kam, einen kleinen Braunen zu bestellen, und einige Zeit später ein

Glas Wasser. Die Kellnerin kannte ihn; sie brachte das Wasser nie gleichzeitig mit dem Kaffee, immer erst dann, wenn er sie darum bat. Das rechnete er ihr hoch an.
Herr Lederer hatte seinen graugrünen Übergangsmantel angezogen und nach dem Stock gegriffen. Er öffnete die Wohnungstür, ging hinaus und sperrte zu. Langsam, sich an der Wand abstützend, kam er durch den Gang zur Treppe, plagte sich die steilen Stufen hinunter. Seit er hier wohnte, stand sein Rollstuhl unten im Stiegenhaus, meistens nicht dort, wo er ihn nach der letzten Ausfahrt abgestellt hatte, oft hinter Fahrrädern versteckt.
Herr Lederer war froh, an die frische Luft zu kommen. Mit einem Hebel bewegte er den Rollstuhl vorwärts. Einen Rollstuhl mit Motor hätte er niemals haben wollen; er wollte spüren, daß er noch Kräfte hatte, Hände, einen Körper, der vor Anstrengung schwitzen konnte.

Erna Gschweidl stand, von der feinen weißen Gardine halb verdeckt, am Zimmerfenster und blickte auf den Gehweg hinunter. Der alte Herr Lederer mühte sich mit seinem Rollstuhl ab, die rechte Hand mit dem Hebel trieb ihn an, in der linken hielt er den Stock. Der Mann konnte nicht so viel älter sein als sie. Seit langem fährt er wieder einmal aus, dachte Erna Gschweidl. Sie sah ihm eine Weile nach und ging dann in die Küche, wo sie die braunen Papiersäcke aus dem Supermarkt, die sie sammelte, glattstrich; einmal in der Woche ging eine Bekannte für sie einkaufen. Als es an der Tür läutete, fuhr Erna Gschweidl von ihrer Arbeit hoch und stürzte zum Haustelefon. „Wer das wohl sein kann?" murmelte sie, obwohl sie wußte, daß es der Briefträger war. Sie öffnete. Der Briefträger brachte die Zeitung, einige Werbeprospekte und einen Einschreibbrief. Sie bestätigte seinen Empfang, dann zeigte sie dem Briefträger ihren Kaktus, der gerade blühte. Erna Gschweidl verabschiedete sich überschwenglich. Als sie die Tür geschlossen und die Kette vorgelegt hatte, begann sie wie ein Kind zu kichern, zu lachen, laut herauszuprusten. Mit dem silbernen Brieföffner, der ihrem Mann gehört hatte, versuchte sie das Kuvert zu öffnen, bekam einen neuen Lachanfall und zerriß es. Sie nahm einen fast unbeschriebenen Briefbogen aus dem lädierten Kuvert und las die in Kurrent geschriebenen Worte: *Liebe Erna! Viele Grüße, Deine Erna.*

Als Herr Lederer das Restaurant verließ, traf er einen Nachbarn, der sich anbot, ihn heimzubringen. Herr Lederer sagte, das sei nicht nötig, aber der Nachbar hatte den Rollstuhl bereits gepackt und schob. Herr Lederer beteuerte nochmals, er solle sich nur keine

Mühe machen, ließ sich dann aber ohne Widerstand führen; nur mit dem Stock machte er regelmäßige Bewegungen, als wolle er etwas zum Vorwärtskommen beitragen.
Beim Haus angelangt, blickte Herr Lederer die Fassade empor. Er sah die weißhaarige dicke Frau an einem der Fenster stehen, er nickte ihr zu. „Warum die auch nie aus dem Haus geht", sagte er zu seinem Begleiter. Und dann, als der andere ihm aus dem Rollstuhl half: „Danke, danke! Ich stehe tief in Ihrer Schuld."

Gegen Mittag saß Erna Gschweidl in ihrer Küche, vor sich den Prospekt eines Einrichtungshauses. In ein orangefarbenes Schulheft, das mit Rastern und Zahlen gefüllt war, übertrug sie fein säuberlich die aktuellen Preise für Sofas, Betten, Küchenmöbel. Das Heft war so übersichtlich angelegt, daß ein Blick genügte, um die Preisentwicklung der Möbelstücke während der letzten Jahre zu verfolgen. Erna Gschweidl malte die Zahlen mehr als sie sie schrieb und benutzte ein Löschblatt, damit die Nummernkolonnen sich nicht verwischten. Als sie fertig war, legte sie den Katalog zur Seite und war zufrieden. Nicht, daß sie sich für Möbel wirklich interessierte — sie hatte erstens keinen Platz, zweitens war sie sparsam und drittens mißfiel ihr ein Großteil der neu-

modischen Einrichtungsgegenstände —, aber es war gut, die Entwicklungen zu kennen, auf dem neuesten Stand zu sein. Außerdem ließen ihre Kenntnisse auf diesem Gebiet allerlei Einblicke zu. So verstand sie beispielsweise nicht, wie sich das vor kurzem eingezogene junge Ehepaar mit Kind so teure Polstermöbel leisten konnte. Sie hatte die Lieferung beobachtet, und die Preise hatte sie im Kopf.
Erna Gschweidl stand auf und ging zum Fenster. Es war kurz vor zwölf, die ersten Volksschüler kamen heim. Sie schaltete das Radio ein, um das Mittagsläuten zu hören. Wieder am Fenster, sah sie, daß ein métalliséfarbener Wagen mit der Aufschrift ESSEN AUF RÄDERN in den Gehweg bog. Der Wagen kam näher, blieb stehen, eine Frau stieg aus, nahm ein Blechgeschirr vom Rücksitz und ging damit auf das Haus zu; Erna Gschweidl beobachtete sie, bis sie im toten Winkel verschwand. Dann hörte sie, wie in einer anderen Wohnung die Türklingel läutete, zweimal rasch hintereinander, dann Stille, dann, nach einiger Zeit, das endlose Summen des automatischen Türöffners. Das Summen hörte erst auf, als die Frau — Erna Gschweidl kannte die Schritte — bereits die Treppe heraufgekommen war und an der Tür von Herrn Lederer klopfte.
„Grüß Gott, Herr Lederer!"
„Auf Wiedersehen, Herr Lederer!"

Wieder Schritte und das Geräusch einer sich schließenden Tür. Erna Gschweidl kam gerade noch ans Fenster zurecht, um die Frau ein gebrauchtes Blechgeschirr im Auto verstauen, sich ans Steuer setzen und wegfahren zu sehen.
Woher soll er auch kochen können? fragte sich Erna Gschweidl. Und später, während sie ein Schnitzel panierte, dachte sie: Heutzutage soll es Männer geben, die kochen können, Männer, die kochen und sogar Babys versorgen. Aber er?
Erna Gschweidl wischte ihre mehlige Hand an einem Geschirrtuch ab. Sie dachte an ihre Mutter. „Ein Mädchen spricht Männer nicht an, das gehört sich nicht!" Die Worte klangen ihr deutlich im Ohr. Sie legte das Schnitzel in die Pfanne, hörte dem Brutzeln zu. Vor einigen Tagen hatte sie in der Zeitung gelesen, daß ältere Menschen sich oft selbst isolierten; daß die Schuld nicht nur bei den anderen lag. Das hatte sie betroffen gemacht.
Erna Gschweidl setzte sich an den weißlackierten Küchentisch und aß. Nachdem sie das Geschirr abgewaschen hatte, kochte sie für zwei Personen Kaffee.
Er kann nicht viel älter sein als ich, dachte sie. Jetzt wohnten sie schon so lange im selben Haus und hatten bisher bloß Grußworte miteinander gewechselt! Erna Gschweidl schob die Kette zurück, öffnete die Wohnungstür und blickte sich nach allen Seiten

um. Sie überquerte den Gang und las den Namen Lederer an der fremden Tür. Lange stand sie davor. Sie wollte schon klopfen, da hörte sie Schritte im Stiegenhaus. Rasch zog sie die Hand wieder zurück.

Diving Duck

If the river was whiskey / I was a diving duck. Langsam, als schlendere er, ging Bernd über die große Betonplattform, wo sich die Siedlung zur Stadt hin öffnete. Am Abend hatte es zu schneien begonnen, die Plattform war über Nacht weiß geworden, aber jetzt taute es in der Sonne bereits, die Schneekappen auf den Fensterbrettern waren geschmolzen.
I would dive on the bottom / Baby I would never come up. Bernd wurde die Melodie nicht los, wollte sie gar nicht loswerden. Als hätte er den Walkman aufgesetzt! Das grelle Sonnenlicht blendete ihn, er beschattete die Augen.
I was a diving duck . . .
Seit es mit Anna aus war, vergrub Bernd sich in den Blues, hatte ihn immer laufen, zuhause auf dem Plattenspieler, draußen in seinem Kopf, egal, ob er den Walkman nahm oder nicht. Der Blues füllte die Häuserschluchten aus, begleitete ihn auf seinem Weg über die endlose Plattform, Bernd hörte ihn in Farben und Farbschattierungen, in verschiedenen Tempi, in Rhythmen, denen er seinen Schritt anpaßte.

Nach dem Abendessen mit der Mutter, die abgekämpft und schweigsam von der Arbeit heimgekom-

men war wie immer, lag Bernd auf seinem Bett und hörte Platten. Der Blues war ehrlich, rauh, spontan, anders als die glatten Hausfassaden draußen, mit den geschlossenen Jalousien. Bernd ging zum Fenster, sah die Straßenbeleuchtung, den schmutziggrauen Schnee am Gehsteigrand, die Autos in Reih und Glied auf dem Parkplatz; an dem vorspringenden Flachdach der Garagenfront hatten sich Eiszapfen gebildet.
I'm going where there is no ice and snow, dachte er.

Er selbst war schuld daran, daß es mit Anna aus war. Er allein, das wußte er. Sein Egoismus, sein Unvermögen, auf sie einzugehen; er sagte es sich ständig vor. Bernd schloß die Augen, sah Anna vor sich, ihren schlanken Körper, ihr Gesicht mit den hochliegenden Backenknochen, ihr langes schwarzes Haar. Er nahm ihr die runde Nickelbrille ab und küßte sie auf die Nase. Sie lachte. Er strich ihr durchs Haar, hielt eine Strähne lang zwischen zwei Fingern. Sie liefen nebeneinander über die Grünanlage im Schwimmbad, sie spielten Federball, sie lagen ausgestreckt auf der Holzpritsche, und er streichelte ihren Arm ...
Wieder trieb es Bernd aus dem Zimmer, hinaus in die Dunkelheit. Diesmal nahm er den Walkman mit. Muddy Waters mit seiner Band, Johnny Winter an der Gitarre. Bernd ging schnell, er wurde erst langsa-

mer, als er das Haus sah, in dem Anna wohnte. Ihr Fenster im ersten Stock, mit grünen, halb zur Seite geschobenen Vorhängen, war schwach erleuchtet.
Ihre Nachttischlampe, dachte Bernd in ein Johnny-Winter-Solo hinein. Sie liest. Er wurde von starkem Selbstmitleid ergriffen, er wehrte sich nicht. Seltsam verformt hing der Mond am Himmel. Bernd starrte auf Annas Fenster. Dann griff er in den Schnee und formte einen Schneeball; zielte. Er traf den rechten Fensterflügel. Als Annas Kopf zwischen den Vorhängen sichtbar wurde, duckte er sich hinter einen Zierstrauch. Er hatte sie wenigstens gesehen, und das war viel; viel für jemanden, der keine Worte mehr fand. Anna verschwand bald wieder im Zimmer, und Bernd verließ sein Versteck. Er fühlte sich leichter und ruhiger. *Oh yeah,* sang Muddy Waters' Stimme. Er verließ die Straße, bog in einen der winkeligen Wege zwischen den Bungalows ein. Der Mond ging mit ihm, immer wieder blickte Bernd zum Himmel hinauf. „Der Mond sieht aus wie ein Ei", schrie er gegen Muddys Stimme an. Plötzlich blieb er stehen und schlug sich mit der Faust gegen die Stirn.

Er hatte sie nicht verstanden. Bernd sah sie vor sich in der Innenstadt-Disco, sie tanzte im flimmernden Licht, ihre kleinen Brüste hüpften, und er sah sich ihr gegenüber, wie er sie ansah, und er sah sie beide, wie sie auf die Bewegungen des anderen eingingen, Tanzschritte erfanden, mit Armen, Beinen und Köpfen neue Gesten entwarfen, wie eine neue Sprache. Als sie draußen vor der Disco standen, war es spät. Bernd legte Anna den Arm um die Hüfte, sie lächelte. Er küßte sie heftig, sie lächelte. Ihr Lächeln, das Bernd nicht deuten konnte, verstärkte sein Verlangen noch. Sie fuhren mit der U-Bahn bis zur Endstation, verpaßten den letzten Bus in die Siedlung, machten sich zu Fuß auf den Weg. Von der Durchzugsstraße bogen sie ab in eine Allee. Einige Straßenlampen waren defekt, es war fast völlig dunkel. Sie setzten sich auf eine Bank. „Anna", sagte Bernd; er preßte sie an sich, küßte sie auf Gesicht und Hals, wollte sie überall küssen, ließ sie nicht aus. In seinem Innern hatte eine Stimme, die unablässig *Anna, Anna* sagte, alle Gedanken vertrieben, *An-na, An-na,* der Rhythmus ihres Namens, der Rhythmus seines Körpers –

Seit damals hatte er ihre Nähe gemieden, auch die Nähe der gemeinsamen Freunde. Wenn er Anna zufällig traf, schaute sie durch ihn hindurch wie durch Glas, unerträglich war das für ihn; er nahm jetzt den früheren Autobus in die Schule, stieg in den entferntesten U-Bahn-Waggon, wenn er sie auf dem Heimweg sah.

But baby I want to be loved, sang Muddys Stimme im Walkman. Der Blues trug Bernd über die Wege und Straßen der Siedlung. Er redete sich ein, er wolle nicht an Anna denken, und dachte doch ständig an sie. An sie und an Martin, den er gestern mit ihr gesehen hatte, Hand in Hand. An Martins souveräne Geste, mit der er ihr eine Haarsträhne aus der Stirn strich.

Die Ampelanlage blinkte gelb, als Bernd die Durchzugsstraße überquerte, und färbte den Schnee seltsam ein. Die Kälte stach ihn wie mit Nadeln. Bernd ging schneller, er stellte den Walkman ganz laut, ließ sich von Johnny Winters Gitarre den Kopf zerfetzen. In die Musik eintauchen, bis auf den Grund – *like a diving duck.*

6.

Schattenweg

„Mir ist einfach alles zuviel geworden“, sagte Maria. Sie nahm ein in braunes Kunstleder gebundenes Buch aus ihrer Tasche, steckte es zögernd wieder zurück.

Maria gegenüber, nur durch ein schmales Kaffeehaustischchen von ihr getrennt, saß Liz und hielt die Hände zwischen den Knien gefaltet; sie nickte.

„Wir haben uns so lange nicht gesehen“, sagte Maria. Sie blickte kurz auf die Maserung der Tischplatte, als wolle sie dort den Anfang ihrer Geschichte entdecken. Dann riß sie ein Zuckersäckchen auf und ließ den Inhalt langsam in ihren Kaffee rieseln.

Liz steckte sich eine Zigarette an. „Nein danke“, antwortete Maria auf eine fragende Geste der Freundin, „jetzt nicht. Wenn ich nachdenke, kann ich nicht rauchen.“ Sie trank einen Schluck aus ihrer Tasse. „Du weißt ja, wie das mit dem Gernot war“, sagte sie dann. „Wir haben uns geliebt, ein, zwei Jahre lang, und die nächsten fünf, sechs Jahre zumindest noch gern gehabt. Aber dann ... Sogar die Klara hat längst gemerkt, daß wir anders miteinander umgehen als früher, und die war damals ja erst fünf.“

Maria hatte ihren rechten Ellbogen auf der Tischplatte aufgestützt und legte ihr Gesicht in die Hand-

fläche; sie starrte ins Leere. Liz blies einen Rauchring in ihre Richtung, wie um sie aufzuwecken. Maria lächelte. „Ich stell mir grad die Klara vor, wie sie zum Gernot sagt: ‚Zu mir bist du viel lieber als zur Mama!' Weißt du, ich bild mir ein, sie hat dann sogar verstanden, warum es besser war, daß wir uns getrennt haben. Ich bin wieder ganztags arbeiten gegangen, anders hätten wir's finanziell nicht geschafft. Natürlich war es für die Klara schwer, wenn sie mittags heimgekommen ist und niemand war da. Auch wenn sie *verstanden* hat, daß es anders nicht geht.
Ja, der Gernot... Zuhause hat er keinen Finger gerührt. Immer nur Vorsätze gefaßt und versprochen, dann und dann wird er das und das tun. Solche Ankündigungen, die er aber nie ausgeführt hat — das war seine Taktik. Besonders arg war er zu Sylvester. Wenn die Gäste weg waren, ist er furchtbar lieb geworden, ab morgen hilft er mir regelmäßig bei der Hausarbeit, hat er gesagt, und er wird ein ganz, ganz lieber Ehemann sein. Aber dann hat sich das ‚ganz, ganz lieber Ehemann' immer nur auf etwas Bestimmtes bezogen ..."
Maria blickte aus dem Fenster, auf die Ladenschilder des Einkaufszentrums. Mit dem kleinen Finger der rechten Hand machte sie, während sie weitersprach, kreisende Bewegungen auf der Tischplatte. „Dann hat die Klara wie aus heiterem Himmel" — Maria

lachte über das Bild, das sie gebrauchte – „wieder ins Bett zu machen begonnen. Das war für mich ein Alarmsignal, so geht das nicht weiter, hab ich mir gedacht. Und dann ist mir die Idee gekommen, gemeinsam mit der Fritzi und der Nora eine Wohnung zu nehmen. Ich hab mir gedacht, wenn wir die Miete zusammenlegen, muß ich nur mehr halbtags ins Büro. Ich hab mich in eine richtige Euphorie reingesteigert, und stell dir vor, ein paar Tage später hab *ich* eine Wohnung gefunden! Wo doch die andern beiden, jede für sich, schon seit Monaten gesucht haben. Ohne mich hätten die zwei ja nicht zusammenziehen wollen, du weißt, was für unterschiedliche Typen sie sind. Aber ich hab mir gedacht, wir werden uns schon vertragen – und finanziell steigen wir alle drei günstiger aus."
„Und die Klara?"
„Die hat die Idee ganz lustig gefunden. Zumindest war sie nicht scheu, von Anfang an nicht. Du, es war komisch: die Fritzi und die Nora haben richtig um die Klara geworben! Jede wollte, daß die Klara sie lieber hat. Natürlich haben sie das nicht ausgesprochen, aber das hätte ein Blinder gemerkt –" Maria hielt inne. „Interessiert dich das überhaupt?" fragte sie. „Mir scheint, ich komm vom Hundertsten ins Tausendste!"
„Nein, nein", sagte Liz. „Erzähl weiter, ich find's spannend."

„So spannend war's auch wieder nicht", sagte Maria. „Vor allem war's Alltag. Geschirrspülen, Wäschewaschen, Plänemachen — wer wann dran ist, was kochen wir morgen, was unternehmen wir am Wochenende, meistens raus von hier, ins Grüne. Aber das Bettnässen hat bei der Klara fast schlagartig aufgehört. Wenn sie Schule ausgehabt hat, war ich oft schon daheim, und sonst hat die Fritzi gekocht, die hat sich das mit ihren Vorlesungen einteilen können. Eine Zeitlang ist es ganz gut gelaufen, aber irgendwie hat sich alles wieder so verschoben, daß die meiste Arbeit an mir hängengeblieben ist. Ich bin müd aus dem Büro gekommen, hab an den Vormittagen fast soviel zu tun gehabt wie früher ganztags, du weißt ja, das muß bis Mittag fertig sein und dringend auf die Post! Ich hab mich kaum mehr eine Kaffeepause machen getraut. Und nach der Hektik im Büro komm ich heim, koch für die Klara und für mich, manchmal auch für die Fritzi, wenn die da war, und meistens hat die Nora am Abend vorher das Geschirr nicht abgewaschen. Hab ich's halt abgewaschen. Die Fritzi hat sich hinter ihren Büchern und Skripten versteckt, ich hab nicht gewagt, sie zu stören, ab und zu hat sie beiläufig ihren nächsten Prüfungstermin erwähnt. Und wenn die Nora abends vom Geschäft heimgekommen ist, hat sie sich erst einmal in einen Fauteuil fallen lassen; dann hat sie sich eine angeraucht und auf ihre Arbeitskollegen geschimpft, daß die sie noch ins Grab bringen werden und so, und unter diesem Vorwand hat sie sich stundenlang ausgeruht. Die Klara und ich haben das Abendessen gemacht, die Nora bedauert und gleichzeitig versucht, die Fritzi nicht beim Studieren zu stören . . ."

„Schön blöd von euch!" sagte Liz und runzelte die Stirn.

„Saublöd, ich weiß", erwiderte Maria tonlos. „Aber damals war ich so verwickelt in die Sache, daß mir der Abstand gefehlt hat, verstehst du? Ich hab mir gedacht, die Wohngemeinschaft muß weitergehen, schon aus finanziellen Gründen – ich hätte die Klara nicht mehr allein lassen wollen. Außerdem hab ich mich verantwortlich gefühlt für das ganze Projekt!"

Maria hob entschuldigend die Hände. Sie rührte in ihrem kalten Kaffee. „So war's eben", sagte sie achselzuckend.

Liz dämpfte ihre Zigarette aus und berührte freundschaftlich Marias Schulter.

„Langweile ich dich?" fragte Maria.

„Aber nein", sagte Liz. „Frag nicht dauernd!"

Maria lächelte verlegen. Sie legte einen Finger an die Spitze ihrer Nase. Einige Augenblicke lang schwieg sie, folgte mit ihren Blicken einem Hund, der draußen vorbeilief.

„Willst du jetzt eine Zigarette?“ fragte Liz.
„Nein danke“, erwiderte Maria; und spöttelnd: „Frag nicht dauernd!“
Liz lachte; der Kellner, der an der Theke döste, schreckte hoch. Maria bestellte einen zweiten Kaffee, Liz einen Kognak.
„Dann, ein Jahr nach der Scheidung, hat der Gernot plötzlich angefangen, mir zu schreiben. Jede Woche kam ein Brief.“ Maria sprach nun leiser und blickte Liz ins Gesicht. „Auf den ersten hab ich ihm geantwortet, wie es mir geht und so, nichts Verbindliches. Trotzdem muß ihm meine Antwort Auftrieb gegeben haben, der zweite Brief war schon, wie soll ich sagen, selbstbewußter. Ob wir nicht wieder zusammenziehen sollen, ob ich mir denn gar nicht vorstellen kann, daß es mit uns noch einmal klappt. Er hat behauptet, er hat sich geändert, ich soll ihm doch glauben. Aber ich hab nicht mehr wollen. Ich hab auch nicht mehr geantwortet, aber er hat mir monatelang weiter geschrieben. Dann waren die Briefe plötzlich aus, und er hat angerufen, täglich. Er wollte mich unbedingt treffen. Ich hab mich am Telefon verleugnen lassen, und wenn ich allein zuhause war, hab ich nicht abgehoben. Dann hat er nachts angerufen. Jede Nacht. Ich glaub zumindest, daß er es war. Beim erstenmal ist die Fritzi zum Telefon gelaufen, sie hat gedacht, es ist ihre Kusine aus Amerika. Sie

hat sich gemeldet, und er hat aufgelegt. Und das ist Nacht für Nacht so weitergegangen, manchmal jede Stunde."

Maria holte tief Luft, bevor sie weitersprach. „Du kannst dir nicht vorstellen, wie einen das zermürbt. Jedesmal, wenn du tief eingeschlafen bist, das verdammte Telefon! Die Klara, die sowieso einen leichten Schlaf hat, war ganz übernächtig, wenn sie am Morgen aufmußte. Ich bin überzeugt, er war's! Deshalb hab ich mich am Anfang auch gewehrt, die Polizei zu verständigen. Ich weiß eigentlich nicht, warum, aber er war ja doch mein Mann, und ich hab gedacht, er wird schon vernünftig werden. Vielleicht hab ich auch ein schlechtes Gewissen gehabt, weil ich auf seine Briefe nicht reagiert hab, ich weiß nicht, irgendwie hab ich, so dumm das klingt, den Ehrgeiz besessen, daß er *von sich aus* mit den Anrufen aufhört. Hat er aber nicht."

Maria wandte den Kopf, ihr Blick war auf einen der Wohntürme draußen gerichtet, wo sich in einem Fenster die Sonne spiegelte. „Wir alle waren schon ganz fertig", sagte sie dann, „wir haben wegen jeder Kleinigkeit gestritten. Die Fritzi hat mir vorgehalten, daß sie nicht lernen kann, wenn sie nicht ausgeschlafen ist, und die Nora hat vor lauter Müdigkeit überhaupt nichts mehr im Haushalt getan. Ich bin geschafft, hat sie jedesmal gesagt, wenn sie heimgekommen ist, und *mich* dabei angeschaut. Als ob ich uns in der Nacht angerufen hätte!"

„Und dann?"

„Wir haben eine Geheimnummer bekommen. Aber das hat ein paar Wochen gedauert."

Der Kellner brachte die Melange und den Kognak.

„Wünschen die Damen eine Mehlspeise?"

„Danke, nein."

„Damals hab ich angefangen Tagebuch zu schreiben", sagte Maria. „Ich hab aufschreiben *müssen,* wie's mir geht, denn ich bin mir selbst so fremd gewesen — ich weiß nicht, ob du das verstehst. Ich hab aufschreiben müssen, was war, damit ich etwas in der Hand gehabt hab, an dem ich mich festhalten konnte. Ich hab auch nicht mehr richtig schlafen können, und wenn ich in der Früh aufgestanden bin, war ich erschöpft. Ich war gar nicht da, sozusagen."

Liz nickte vage, Maria sprach weiter. „Früher hab ich so einen Zustand nur gekannt, wenn ich die Tage hatte. Alles ist mir so unwirklich vorgekommen, so fern von mir. Ich war wie eine unbeteiligte Beobachterin, und das Erschreckende daran war, daß ich die ganze Zeit *auch mich* beobachtet habe!"

Maria trank ihren Kaffee, in den sie besonders viel Zucker geschüttet hatte, mit einem Zug halb aus. Sie stellte die Tasse zurück und begann mit den Fingern auf der Tischplatte zu trommeln. Sie blickte Liz an, dann ihre trommelnden Finger. „Ich konnte mich auf nichts mehr konzentrieren", sagte sie. „Für einen Brief im Büro hab ich doppelt so lang gebraucht wie früher, und der Chef hat das nicht verstanden. Zuhause war ich dann ganz verzweifelt, das heißt, eigentlich war ich zu *leer*, um verzweifelt zu sein. Es war komisch . . ."

„Traurig", verbesserte Liz.

„Ja", sagte Maria nachdenklich. „Ich hab nichts mehr reden wollen und niemanden sehen. Nur die Klara. Wenn ich die Klara nicht gehabt hätte, hätt ich mich umgebracht."

„Aber Maria", sagte Liz.

„Sie war so lieb zu mir in dieser Zeit. Sie muß gespürt haben, was mir fehlt. Sie hat mir über die Wange gestrichen, wenn sie von der Schule heimgekommen ist — so, wie ich es früher bei ihr gemacht habe, wenn *sie* traurig war. Fast jeden Tag hat sie mir etwas mitgebracht: Gänseblümchen, Steine, einmal sogar Pralinen." Maria schloß die Augen, saß einige Minuten so da. Als sie die Lider wieder öffnete, lächelte sie und rief den Kellner. „Ich möchte doch eine Mehlspeis. Bringen Sie mir eine Nußtorte."

Liz nippte an ihrem Kognak.

„Weißt du", sagte Maria, „ganz arg war es, wie die Angst gekommen ist. Keine bestimmte Angst vor irgend etwas oder irgendwem, sondern einfach

Angst. Ich hab nicht gewußt, woher sie kommt. Ganz schwindlig bin ich geworden vor Angst."
Maria kramte in ihrer Tasche, zog das in Kunstleder gebundene Buch heraus und reichte es Liz. „Wenn du möchtest, kannst du lesen —"
„Gern", sagte Liz.
„Dort, wo das rote Bändchen drinnen ist", sagte Maria.
Der Kellner brachte die Torte; während Maria aß, behielt sie ihre lesende Freundin im Blick.

Durch meinen ganzen Körper zieht sich diese furchtbare Lethargie, diese Gefühllosigkeit. Ich beiße die Zähne auf die Unterlippe, daß es schmerzt. Der Schmerz bringt mir Erleichterung, er zeigt mir, daß ich noch da bin, er ist prompt eingetreten, scharf und präzis.

Der Lärm im Büro, ein Zittern in meinem Innern, Unruhe, die wächst und wächst. Mir ist übel. In meinem Hinterkopf tanzt eine Eisenkugel. Ich muß heimgehen, sonst werde ich verrückt.

„Reiß dich zusammen!" (Nora)
„Du tust, als wärst du eine Märtyrerin." (Nora)
„Sei optimistischer, du siehst nur das Schlechte." (Fritzi)

Zurückgedrängt in einen Winkel meines Lebens.

Ich liege in Klaras verdunkeltem Zimmer. Das Licht tut mir weh, vor dem Dunkel fürchte ich mich. Mein Kopf ist ein Radio, das ständig Lieder spielt, die ich nicht mag. Manchmal steige ich aus dem Bett und spähe durch die Jalousienritzen, um zu sehen, ob sich draußen etwas verändert hat. Alles ist wie immer.

Verzerrte Menschen, wirre Bilder — ich träume wie eine Betrunkene. Wenn ich träume. Meistens träume ich nicht, treibe auf dem Schlaf dahin, halb schlafend, halb wach.

Die Sehnsucht, ein paar Tage lang tot zu sein.

Weg Schatten Wegschatten Schattenweg

„In der Klinik hab ich nichts mehr geschrieben", sagte Maria, „ich hab das Tagebuch zuhaus vergessen!"
„Wie lang warst du — ?" fragte Liz.
„Vierzehn Tage", sagte Maria. „Dann zweimal in der Woche zur Gesprächstherapie, jetzt nur noch einmal im Monat. Bald hoffentlich gar nicht mehr!"
„Übrigens", sagte Liz und deutete mit dem Zeigefinger auf das aufgeschlagene Tagebuch, „manche deiner Aufzeichnungen find ich fast dichterisch."
„Ja?" fragte Maria. „Findest du?" Sie lächelte wieder verlegen und spielte mit der Kuchengabel; erstmals

wirkte sie vergnügt. Liz betrachtete die Freundin lange, ohne etwas zu sagen. Maria schaute aus dem Fenster, auf die Ladenschilder.

„Es freut mich, daß du mir zugehört hast“, sagte sie unvermittelt. „Irgendwem hab ich das Ganze einmal erzählen müssen — irgendwem, der *kein* Arzt ist! Verstehst du?“

„Ja“, sagte Liz. „Und jetzt geht's dir besser.“

„Jetzt geht's mir gut“, sagte Maria, „sehr gut sogar.“ Sie lachte wie ein Kind, dem soeben ein Streich eingefallen ist. „Gib mir schleunigst eine Zigarette!“ sagte sie.

Drachenflug

Die Sonne war aufgegangen, Helligkeit überschwemmte den Raum. Lichtmuster, die sich immer wieder änderten, spielten über die Tapete hin, strichen über die Kritzelzeichnungen, die Andi zum Ärger seiner Eltern an die Wände gemalt hatte, als er kleiner war und noch nicht in die Volksschule ging.
Andi erwachte. Er stieg aus dem Bett und lief zum Fenster. Auf der Fensterfront des Hauses gegenüber lag die Sonne wie eine Goldfolie. Ein schöner Herbstsonntagmorgen; nur einzelne Wolken zogen, vom heftigen Wind getrieben, über den hellen Himmel. Andi war froh, daß er am Abend die Vorhänge nicht zugemacht hatte: so war er früher aufgewacht, als erster der Familie. Im Zimmer tanzte das Licht, streichelte die Stofftiere, blitzte in der Mattscheibe des Fernseh-Portables auf, leuchtete in die Ecke, wo, hingeworfen, Andis Gewand lag und berührte schließlich auch eine Spitze des neben der Hose auf dem Fußboden liegenden Drachen.
Andi hatte den Drachen selber gebastelt. Er hatte ein gelbes Gesicht mit großen blauen Augen, einen Mund mit lächelnden Winkeln, eine kleine Nase — und er hieß Andi. Andi freute sich, als er den Drachen sah, er bekam fast ein schlechtes Gewissen, weil

er ihn so achtlos auf den Boden gelegt hatte, wie ein Kleidungsstück. Er hob ihn auf, drehte ihn in seinen Händen. Gelungen! dachte er und warf einen verächtlichen Seitenblick auf eine seiner alten Tapetenzeichnungen, die ebenfalls einen Drachen darstellte. Andi legte den Drachen auf sein Bett und ging in die Küche frühstücken. Er riß das Blatt mit der roten Ziffer vom Kalender und schrieb auf die Rückseite eine Nachricht für die Eltern.

Den Drachen unter dem Arm, verließ Andi die Wohnung. Draußen war es kühler, als er drinnen geahnt hatte, wo die Sonne durch die großen Glasflächen der Fenster verstärkt worden war. Er zog den Reißverschluß seines Anoraks bis zum Hals hinauf zu. Der Wind zerzauste sein Haar und wirbelte den gelb-rot-blauen Drachenschwanz hin und her.

Am Rand der Siedlung schlüpfte Andi durch den schadhaften Zaun, der das Gelände der aufgelassenen Korksteinfabrik umgab. Am Kesselhaus vorbei lief er durch das Areal und fand an dessen Ende wieder eine Lücke in der Umzäunung.

Vor ihm erstreckte sich eine weite, keilförmige Wiese. Andi blickte hinüber zu der Stelle, wo vor einigen Jahren Arbeiter einen Erdhügel aufgeschüttet hatten, den die Kinder im Winter als Rodelberg benützten. Er war die höchste Erhebung in der ganzen Siedlung.

VERBOTEN IST
Die Mitnahme von Schirmen
und Stöcken
sowie Schwingen und
Händereichen
KIN DER
AB 10
JAHREN
KEIN RADFAHREN
innerhalb der
Wohnhausanlage.
Die Verwaltung der städt. Wohnhäuser
Das Fußballspielen ist
in dieser Wohnhausanlage
nicht gestattet
Die Verwaltung der städt. Wohnhäuser
Das Betreten und
Verunreinigen der Grünanlage
Die Verwaltung der städt. Wohnhäuser

Andi hatte seinen Drachen flugbereit gemacht. Der starke Wind hatte nicht nachgelassen, aber ihm war nicht mehr kalt, das Laufen und Klettern hatte ihm gutgetan. „So", sagte Andi zu seinem Drachen, „gehn wir's an!" Er lief los, vorsichtig mit der Drachenschnur haushaltend. Nicht zu früh zuviel Schnur geben, hatte ihm sein Großvater, der ein geschickter Drachenbauer gewesen war, eingeschärft. Andi lief, gab langsam Schnur zu, der Drachen stieg, unmerklich fast. Plötzlich stürzte er ab.
Er war unbeschädigt, Andi atmete auf. Wieder lief er los, den Drachen über sich, angespannt, wortlos um Gelingen bittend. Je länger Andi lief, desto wohler fühlte er sich. Der Drachen stieg, und in Andi stiegen Gedanken auf, Gedanken, die kamen und gingen und kamen. Bald hatte er, ohne danach gesucht zu haben, ein Gedankenspiel erfunden: stieg der Drachen, dachte Andi an etwas Schönes; sackte der Drachen jedoch ab, dachte er an unerfreuliche Dinge.
Der Drachen stieg. Andi sah sich auf seiner ersten Geburtstagsparty, viele Freunde waren gekommen, es gab Fruchtsaft und Torte und Spiele ... Der Drachen stieg. Andi ritt im Urlaub auf einem kleinen braunen Pony über eine Wiese dem Waldrand zu, neben ihm der Reitlehrer, den er aber immer weniger beachtete, je mehr er sich auf sein Pferdchen konzentrierte.

Bald hatte er ihn ganz vergessen, und nur noch Andi und sein Pony existierten, der Geruch des Ponys mischte sich mit Andis Schweiß, und wie *ein* Wesen ritten die beiden an einem heißen Spätsommertag auf den Wald zu ... Der Drachen sank. Andi saß allein in seinem Zimmer vor dem Fernsehapparat, den ihm die Eltern geschenkt hatten. Im Fernsehen lief ein Zeichentrickfilm, Andi hatte geweint, ein Streit mit der Mutter war vorausgegangen, auf dem Bildschirm erzählte eine Maus mit riesigen Ohren lustige Geschichten, Andi schaute durch einen Tränenschleier zu ... Der Drachen stieg. Andi und sein Freund Peter kletterten in der beginnenden Abenddämmerung in einen Schrebergarten am Rand der Siedlung, um Äpfel zu stehlen. Andi kletterte voraus, ließ sich in das hohe Gras des verwilderten Gartens gleiten und gab dann mit einem leisen Pfiff seinem Freund das Zeichen, daß die Luft rein war ... Der Drachen sank. Die Eltern hatten gestritten, die Mutter hantierte laut hörbar in der Küche mit Töpfen und Pfannen, und als Andi, von den Eltern unbemerkt, nach der Pfadfinderstunde ins Vorzimmer schlüpfte, hörte er den Vater sagen: „Also, wenn das Kind nicht wäre, würde ich —" Der Vater verstummte, weil er Andi plötzlich im Rahmen der Küchentür erblickte. Die Mutter hantierte weiter mit ihrem Geschirr ...

Es war merkwürdig. Zu Beginn, als er sich sein Denkspiel ausgedacht hatte, hatte es für Andi noch einer gewissen Anstrengung bedurft, sich beim Steigen des Drachen etwas Schönes, beim Absacken etwas Trauriges vorzustellen. Nun – der Drachen lag schon sehr hoch in der Luft – war eine bewußte Anstrengung nicht mehr notwendig, mit den Flugschwankungen des Drachen bewegten sich Andis Empfindungen ohne jede Mühe mit, und wie sein Körper und der Körper des Ponys damals waren Drachenflug und der Flug von Andis Gedanken eine Einheit geworden, ein untrennbares Ganzes. Je höher der Drachen flog, je selbständiger Andis Erinnerungen liefen, desto freier fühlte Andi sich. Er lachte. Sein Drachen glitt durch die Luft, der Wind rüttelte an der Schnur. Noch immer gab Andi Schnur zu, aber die Rolle war fast abgespult. Über dem Rodelberg stand grell die Sonne. Das Gras auf der Wiese lief im Wind. Der Drachen stieg. Andi stellte sich vor, er würde einen Aufsatz schreiben, den besten der Klasse, und die Lehrerin würde ihn herausrufen und vor allen Mitschülern loben ... Der Drachen stieg. Andi befand sich auf einem Fußballfeld, seine Mannschaft lag eine Minute vor dem Abpfiff mit einem Tor im Rückstand, Andi erkämpfte sich den Ball, überspielte drei Gegner und schoß unhaltbar ein ... Ganz plötzlich sank der Drachen, er schwankte bedrohlich, und Andi mußte wieder laufen, um ein weiteres Absacken zu verhindern. Andi lief. Er war im Zimmer seines Großvaters, sein Großvater war tot. Reglos standen sie da, seine Eltern und er, auch eine Anzahl seiner Verwandten vom Land, wo der Großvater gelebt hatte, und der Tote lag aufgebahrt, wie lebendig, in seinem offenen Holzsarg, mit einer weißen Spitzendecke zugedeckt, die über den Rand des Sarges hinunterreichte. Einer nach dem andern trat zum Großvater hin, um Abschied zu nehmen, ganz plötzlich bewegte sich die Spitzendecke, und Andi erwartete jeden Moment, daß der Großvater aufstehen und zu ihnen sprechen würde. Aber es war wohl nur ein Luftzug gewesen, vielleicht hatte auch das Knie eines der Trauernden die Decke gestreift. Als über dem Großvater der Sargdeckel geschlossen wurde, schlich Andi aus dem Zimmer und verkroch sich in der Scheune ...

Andi hatte den Drachen wieder unter Kontrolle. Der Drachen stieg. Erstmals jedoch mußte Andi sich anstrengen, seine Gedanken der Aufwärtsbewegung anzugleichen. Andi lief, obwohl der Drachen wieder sicher in der Luft stand. Andi lief auf den Rodelberg zu. Der Drachen stieg weiter. Auf der Rolle in Andis rechter Hand waren nur noch wenige Zentimeter Schnur. Andi ließ sie, so langsam wie möglich, durch die Finger der Linken gleiten. Er hielt die restliche

Schnur zurück, um möglichst lange mit ihr auszukommen. Der Drachen mußte steigen, steigen, auch wenn er es langsam tat. Andi hatte plötzlich Angst bekommen. Seit der Erinnerung an den toten Großvater hatte er Angst, der Drachen könnte auch nur einen Zentimeter sinken. Das Spiel war aus, zumindest war es kein Spiel mehr. Andi schwitzte, nicht nur vom Laufen. Das letzte Stück Schnur rutschte durch seine Hand, die Rolle war leer. Andi war am Fuß des Rodelhügels angelangt. Wenn ich hinaufsteige, dachte er, steigt auch der Drachen. Gleichmäßig setzte er einen Fuß vor den andern. Wenige Meter nur, aber es ging bergauf. Der Drachen schwebte ruhig im Wind, stieg langsam mit. Andi wurde froh. Er dachte jetzt an nichts Bestimmtes mehr. Der Drachen schien ganz unter seiner Kontrolle zu sein, er schwankte kaum, es gab kein Anzeichen, daß er absinken würde. Andi stand auf dem Hügel und blickte auf die Wiese hinunter, zum Drachen hinauf. Die Sonne blendete ihn. Andi lächelte. Er zog sein Pfadfindermesser aus der Hosentasche und ließ es in der Sonne blitzen. Dann legte er die Schneide an die Drachenschnur und zerschnitt sie. Der Drachen ruckte, wurde vom Wind mitgerissen, stieg weiter auf und trieb in Richtung Korksteinfabrik davon. Er wurde kleiner und kleiner, schließlich verschwand er. Andi blieb noch lange auf dem Hügel stehen.

Die Maske

Sie war vierundachtzig und lebte allein in einer für sie zu großen Wohnung, einer Dreizimmerwohnung, von der sie jedoch, neben Küche und Bad, nur einen Raum benutzte. Für Miete, Strom und Heizkosten ging ein beträchtlicher Teil ihrer Rente auf, aber eine kleinere Wohnung wäre für sie nicht standesgemäß gewesen. Sie war noch immer vornehm und hatte es nie ganz verwunden, daß, vor langen Jahren, die Adelsprädikate abgeschafft worden waren. Auf ihrem persönlichen Briefpapier, das sie sich selbst zu Weihnachten zu schenken pflegte, stand zwar noch Emilie *von* Waldstein, auf dem Türschild, unter dem Türspion, war das *von* jedoch bereits zu einem *v.* verkürzt, und draußen auf dem Klingelbrett neben der Haustür las man überhaupt nur noch Waldstein. Emilie Waldstein war ängstlich; je weiter ihr Leben in das der Außenwelt hineinreichte, desto ängstlicher wurde sie. Niemand sollte ihr auch nur die geringste Kleinigkeit vorwerfen können — nicht einmal das Beibehalten des offiziell verbotenen *von.*

Emilie Waldstein hielt ihre Kontakte auf das Nötigste beschränkt, von einer wöchentlich wiederkehrenden Ausnahme, dem Seniorenklub, abgesehen. Sie war

manchmal fast froh darüber, daß sie ihre Lebensmittel nicht in einem kleinen geschwätzigen Greißlerladen einkaufen mußte, sondern daß es in der Siedlung einen Supermarkt gab. — Sie war klein, zierlich und hatte ein hageres Gesicht mit einem ausgeprägten Kinn, das, in scheinbarem Gegensatz zu ihrer Menschenscheu, Entschlossenheit ausdrückte.
Vom konsequenten Alleinsein schrullig geworden, hatte Emilie Waldstein die Gewohnheit angenommen, laut mit sich selber zu reden. Als sie im Badezimmer vor dem Spiegel stand und ihre frisch gefärbten Haare kämmte, sagte sie zu ihrem Spiegelbild: „Na, du hast schon einmal schlechter ausgesehen!" Sie zog den Scheitel sorgfältig nach. „Ist heut nicht Mittwoch?" fragte sie sich, während sie den Kamm von ausgefallenen Haaren säuberte. „Wir müssen uns beeilen, es ist schon halb sechs!" Sie zog sich um und machte sich auf den Weg ins einzige Restaurant der Siedlung, wo sich jeden Mittwochabend in einem Extrazimmer die Mitglieder des Seniorenklubs trafen, um miteinander Kaffee zu trinken, zu plaudern, manchmal auch einem Vortragenden zuzuhören. Für Emilie Waldstein war der allwöchige Klubabend der engste Kontakt mit anderen Menschen, obwohl sie auch hier sehr zurückhaltend war und sich noch immer von allen mit Sie anreden ließ. Als Emilie den Gastraum durchquert und die Tür des

Extrazimmers hinter sich geschlossen hatte, bemerkte sie erstaunt, daß sie die letzte war. Sie blickte auf die Uhr: zehn vor sechs.
„Sind Sie aber alle pünktlich", wandte sie sich leise an eine Frau, die sie schon länger kannte. „Wir beginnen doch erst um sechs, und alle sind schon da!"
Die Frau lachte. „Aber Frau Emilie", sagte sie, „Sie kommen ganz einfach zu spät! Wir haben schon um fünf angefangen. Wir fangen immer um fünf an!"
Emilie Waldstein kniff die Augen zusammen. „Das glaub ich nicht. Sechs Uhr war ausgemacht, ich habe es selber gehört."
„Sie müssen sich *ver*hört haben, Frau Emilie, seit über zwei Jahren beginnen wir um fünf!"
„Wirklich?" Emilie Waldstein legte ihren alten schwarzen Pelzmantel ab und hängte ihn auf einen Kleiderbügel. Sie fuhr sich mit der Hand durchs Haar und überlegte. Als sie links von sich jemanden flüstern hörte: „Sie hat's mit der Zeit, dauernd verwechselt sie die Termine", war sie einen Moment lang versucht, den Mantel wieder anzuziehen und auf der Stelle kehrtzumachen. Sie blieb aber dann doch und setzte sich auf einen freien Platz.
„Nächste Woche", sprach sie ein Herr im hellgrauen Anzug an, „nächste Woche, am Faschings*dienstag*, feiern wir hier um die gewohnte Zeit einen Maskenball. Ich möchte Sie im Namen aller bitten, liebe

Frau Waldstein, mit dabeizusein. Kämen Sie nicht, Sie würden uns sehr fehlen!"

Emilie Waldstein sah den Herrn an, ohne ihm direkt ins Gesicht zu blicken. Herr Marek imponierte ihr, seine Sprache war dezent und geschliffen, nie passierte es ihm, daß Dialekt in seine Worte einfloß und sie verwässerte, immer war er, bis hinein in seine Gesten, höflich, und wenn er nicht gewesen wäre, wäre Emilie Waldstein sicher nicht so regelmäßig zu den Klubabenden gekommen, obwohl sie dies vor sich selbst kaum eingestanden hätte. Emilie kicherte verlegen. „Ich und mich maskieren", sagte sie. „Wo denken Sie hin, Herr Marek? Ich habe das seit meiner Kindheit nicht mehr getan."

„Alle werden sich maskieren", sagte Herr Marek sanft. „Alle."

Emilie Waldstein fingerte am Verschluß ihrer Handtasche herum, öffnete sie dann und zog ein Brillenetui heraus, dem sie ihre silbern geränderte Lesebrille entnahm; sie setzte die Brille auf und nahm sie wieder ab.

Eine dicke weißhaarige Frau, die neben ihr saß, schaltete sich ein. „Mit allem und jedem muß ein Mensch einmal beginnen, Frau Emilie", sagte sie. „Besser spät als gar nicht. Es wird sicher sehr nett!"

„Sicher", pflichtete ihre Nachbarin bei. „Ich gehe als Raumfahrerin."

„Und ich als Raumpflegerin, hahaha", lachte die Dicke und gab Emilie einen leichten Stoß mit dem Ellbogen. Emilie zuckte zur Seite. Solche dummen Gänse! dachte sie. Wenn ich könnte, würde ich den halben Klub aus dem Klub hinauswerfen! Mit starrem Blick begann sie die Getränkekarte zu studieren.
„Darf ich Sie zu einem Kaffee einladen, Frau Emilie", fragte Herr Marek über den Tisch her. „Oder lieber zu einem Glas Rotwein?"
Herr Marek war eben noch ein richtiger Herr! Sie mußte sein Angebot zwar ausschlagen, es wäre gegen ihre Prinzipien gewesen, von einem fremden Mann etwas anzunehmen, ihre Prinzipien gingen ihr über alles, doch wenn sie ehrlich war, hätte sie sich gern von ihm einladen lassen. „Sehr charmant von Ihnen, Herr Marek", erwiderte sie. „Aber ich bin mir noch nicht ganz sicher, was ich möchte." Als Herr Marek mit seinem Sitznachbarn ein Gespräch begann, bestellte sie heimlich ein Glas Rotwein, das ihr dann, wegen der geglückten heimlichen Bestellung, besonders schmeckte.
Kurz bevor der Klubabend zu Ende ging, wiederholte Herr Marek seine Aufforderung, sie, Emilie Waldstein, möge doch den Anwesenden die Ehre erweisen und am Kostümfest teilnehmen. „Aber ich will Sie zu nichts zwingen", fügte er hinzu, „das wissen Sie doch, meine Liebe!"

Emilie Waldstein nickte. „Ich werde es mir überlegen, Herr Marek“, sagte sie. „Ich werde es mir noch überlegen.“

Auf dem Heimweg dachte sie über Herrn Marek nach, von dem sie manchmal insgeheim vermutete, daß auch er ein Adeliger war. Er hob sich so wohltuend von der geschwätzigen Schar der anderen ab! Er wählte sorgfältig seine Worte und schien jede Silbe mit seiner ganzen Persönlichkeit zu unterstreichen. Wenn, dann würde sie *ihm* die Ehre erweisen — den anderen sicher nicht! Wenn, dann würde sie sich für ihn verkleiden; was die anderen über sie dächten, war ihr gleichgültig. Fast wäre Emilie Waldstein der Gedanke gekommen, sie könnte in Herrn Marek verliebt sein, aber da sie von einem grellbunten, mit Girlanden geschmückten Faschingsschaufenster abgelenkt wurde, nahm dieser Gedanke in ihr nur undeutliche Konturen an.

Der Faschingsdienstag war gekommen. Emilie Waldstein erwachte vor Aufregung früher als sonst. Sie hatte sich entschlossen. Niemand sollte ihr vorwerfen können, daß sie eine Spielverderberin war; und für Herrn Marek wollte sie schön sein. Sie zelebrierte ihr Frühstück und ließ das in ihrer Vorstellung bereits ablaufende Kostümfest helle Schatten auf den Vormittag werfen. „Herr *von* Marek“, würde

sie ihn ansprechen, mit einem spielerischen Unterton in der Stimme, schließlich war Faschingsdienstag, sie könnte es ernst meinen oder als Scherz, niemand konnte das wissen, und vielleicht würde es ihr möglich sein, an seiner Reaktion zu erkennen, ob er wirklich adelig war oder nicht. So sehr verspann sie sich in das in Gedanken vorweggenommene Maskenfest, daß sie minutenlang nur dasaß und ihr Frühstücksei kalt wurde. Kindheitserinnerungen mischten sich in ihre Phantasien, und auf einmal hörte sie sich beschwingt die Frage stellen: „Ja, warum sollen sich alte Leute eigentlich nicht verkleiden?"
Der Vormittag verging damit, daß sie unzählige Sterne aus Goldpapier auf einen schwarzen Seidenrock nähte. Eine ebenfalls schwarze Bluse hatte sie am Vortag mit verschiedenfarbigen Sonnen und Monden bestickt, wobei sie unterschiedliche Zwirnstärken wählte und die aufgestickten Figuren zu immer neuen Mustern gruppierte. Ihr Kostüm sollte etwas ganz Besonderes sein, etwas, das man nirgends kaufen konnte, etwas, das es sonst nicht gab. Der Gedanke, jemand anderer könnte unversehens in dem gleichen Kostüm auftauchen wie man selbst, war ihr schon im Augenblick, in dem er ihr kam, so unerträglich gewesen, daß sie sich schämte, so etwas auch nur gedacht zu haben. Wenn sie sich schon verkleidete, dann sollte ihre Verkleidung originell sein, ori-

ginell *und* dezent, nicht so grell und ordinär wie die Masken und Kostüme in den Schaufenstern der Siedlung, die ihr, wenn sie sie anblickte, in den Augen weh taten.

Emilie Waldstein wurde von immer größerer Vorfreude erfüllt. Es fiel ihr nicht auf, daß es draußen sehr still war. Seit langem sang sie wieder ein Lied. „Vielleicht erkennen sie an meiner Maske, wer ich wirklich bin", sagte sie sich. Endlich würde sie, wie es ihrer Herkunft entsprach, die anderen auf sichtbare Weise übertreffen!

Nach dem Mittagessen stand sie vor dem Badezimmerspiegel und schminkte ihr Gesicht. Das Weiß, das sie ausgewählt hatte, war kein ins Auge springendes Kalkweiß, nicht die Abwesenheit jeglicher Farbe, sondern war leicht — kaum merklich — rosa getönt. Sie ließ sich Zeit beim Schminken, überdeckte jede einzelne Hautfalte mit dem pastellenen Weißrosa und malte sich, als sie fertig war, eine goldene Sonne auf die linke und eine goldene Mondsichel auf die rechte Wange. Dann betrachtete sie ihr Gesicht im Spiegel und fand es schön.

Die Zeit war schnell vergangen, wie in einem einzigen großen Sprung. Als Emilie Waldstein auf ihre Uhr blickte, war es kurz vor halb fünf. „Um *fünf* Uhr fängt es an", schärfte sie sich ein, und sie bemerkte, daß der ganze Tag, ja die letzten beiden Tage mit den

Vorbereitungen vergangen waren, ohne daß sie Zeit gefunden hätte, Radio zu hören, einkaufen zu gehen, die Blumen zu gießen oder auch nur ein zweites Frühstück einzunehmen.
Emilie Waldstein legte den Seidenrock und die bestickte Bluse an und setzte einen schwarzen Zylinderhut auf, der noch von ihrem Vater stammte. Sie hatte ihn gründlich gereinigt und mit netzartigen Silbermustern verziert. Bevor sie die Wohnung verließ, durchschritt sie in ihrer Verkleidung noch einmal alle Zimmer, auch die beiden, die sie nicht bewohnte und die mit alten Möbeln und abgelegten Kleidungsstücken vollgeräumt waren.
Da es kalt sein mußte, es hatte ein wenig geschneit, griff Emilie Waldstein nach ihrem Pelzmantel. Sie zog ihn an und schloß die Wohnungstür hinter sich. Draußen schlug sie die Richtung zum Restaurant ein. Auf den Grünflächen lag hauchdünn und pulvrig der Schnee. Ihr war, als hätten die Wiesen ein zartes, weißes Kleid an.
Emilie Waldstein bemerkte, daß die Passanten, denen sie begegnete, sie auffällig musterten. Kinder tuschelten hinter ihrem Rücken, wenn sie vorüber war. Sie mußte an Herrn Mareks Worte denken, der einmal gesagt hatte, niemand gestehe den Senioren zu, *Menschen* zu sein. Für unsere guten Mitbürger sind wir Nicht-mehr-Menschen, hatte er gesagt, und

wenn wir auch nichts anderes tun als die andern, so hält man es uns schon vor. Senioren haben still in einer Ecke zu sitzen. Übermütig sein ist verboten, Späße treiben ist verboten, und wenn sich zwei Alte gar ineinander verlieben, ist's ein Skandal!

„Wie recht er doch hat!" sagte Emilie Waldstein. „Jetzt sehe ich erst, *wie* recht er hat!" Sie war so sehr in ihre Gedanken vertieft, daß sie die in der Auslage des Spielwarengeschäfts kniende Verkäuferin übersah, die das Schaufenster leerräumte. Sie blickte auf die Uhr: fünf vor fünf. Diesmal war sie pünktlich! Sie holte tief Luft. Ob sie mich gleich erkennen werden? dachte sie. Ob *er* mich gleich erkennt? Sie war so aufgeregt, so gespannt auf die Reaktion der anderen, daß sie das Plakat nicht las, das an der Eingangstür zum Restaurant angebracht war. Und als sie, zum ersten Mal seit ihrer Kindheit kostümiert, voller Erwartung die Gaststube betrat und den Mantel ablegte, und als sie sah, daß die Leute an den Tischen beim Heringschmaus saßen, in ihren Gesprächen innehielten und sie anstarrten, und als sie sah, wie ein Kind ihr den Vogel zeigte, und hörte, wie jemand höhnisch lachte, verlor sie das Bewußtsein.

Die Weigerung

Burgstaller hockte vor seinem Satzcomputer im Fotosatzraum der Druckerei, er tippte einen Text ein, der Bildschirm vor seinen Augen füllte sich mit Zeilen, ab und zu mußte er einen Fehler korrigieren. Wenn Burgstaller aus dem Fenster schaute, hatte er die Betonwand vor sich, die den Parkplatz der Firma von der Straße abtrennte; darüber sah er den lächerlich schiefen, sehr nadelarmen Wipfel einer Fichte. Manchmal hörte er aus dem Autolärm das Brummen des Linienbusses heraus, der die Haltestelle der Siedlung anfuhr und kurz darauf wieder losstartete, manchmal sah er, wie ein Vogel das Fensterviereck kreuzte.

Burgstaller war nicht bei der Sache. Er tippte mechanisch, die Buchstaben schienen ohne Umweg über sein Gehirn von der Vorlage auf den Bildschirm zu springen, er vertippte sich nicht öfter als sonst, er funktionierte gut. Soweit es ihm gelang, sich selbst aus dem Spiel, seinen Kopf ausgeschaltet zu lassen, hatte er mit dem Reklametext vor sich keine Probleme.

Er tauchte herauf. Durch grünes diffuses Licht, einen Wald entlaubter Bäume, in dem unablässig Stämme

fielen, einer nach dem, einer über den andern, viele zugleich, er mußte ständig die Richtung ändern, weiter tauchen, höher, von den entwurzelten Stämmen gestreift und gehetzt, es war ihm, als sehe er weit oben einen hellen Schimmer, er tauchte, gab seine Kraft, höher, weiter, hinauf, bis das Licht aussah wie der erste Schein des Morgens, der durch die Fenster fällt —
Jetzt war er wach.

Burgstaller trug den fertig gesetzten Text zum Korrektor. Dann machte er eine Pause und gönnte sich wieder Gedanken. Schmerzhaft genau füllten sie die Leere seines Kopfes, als er in der kahlen Teeküche saß, die Schale schwarzen Tee vor sich, eine Zigarette in der Hand, und die Lampe anstarrte. Ich muß mich zurückziehen, dachte er. Eine Nische finden, in der ich existieren kann.
Die Übersetzungen indianischer Texte, die er in den vergangenen Wochen für ein Buch abgesetzt hatte, hatten ihn verstört, aus der Täuschung geholt, er lebe *sein* Leben. Immer und überall hatte er Zitate daraus im Kopf, er sagte sie sich gleichsam vor, bis sie sich selbständig machten, ihn begleiteten wie eine Litanei. Hügel sind schöner als Häuser aus Stein, dachte er. Ich habe Freundschaft mit der Erde geschlossen, dachte er. Gute Gedanken sind mehr wert

als Geld, dachte er. Nur wer Zeit zum Träumen hat, findet Weisheit.
Als der Chef die Teeküche betrat und ihn grüßte, riß es Burgstaller aus seinen Gedanken, als wäre er aus einem Bereich hinter sich selbst mit einemmal in die eigene Form zurückgeschnappt. Er grüßte hastig zurück und verließ den Raum.

Am Wochenende, aus dem Autofenster: eine sanfte Landschaft; die gegeneinanderschaukelnden Hügelwellen, mit kahlen Obstbäumen und Birken bestanden, im Schnee; die knorrigen Astkugeln an den Landstraßenrändern, jeder Baum unverwechselbar er selbst. Auf den Äckern schimmerten die Rillen und die Hügellinien der ausgepflügten Erde durch die dünne Schneeschicht. Die Luft war grau; leichter Nebel. Die Nadelbäume der Wälder wurden in der Entfernung immer heller und verschwammen schließlich mit dem Nebel zu einem ununterscheidbaren Farbton.

Die Tür fiel hart ins Schloß, als der Chef in den Fotosatz kam. „Hier ist der korrigierte Umbruch für den Buchgemeinschaftskatalog", sagte er. „Wir brauchen das Ganze morgen mittag druckfertig, beeilen Sie sich." Er reichte ihm die zu einem Papierwust zusammengeklappten Fahnen über den Tisch, drehte sich

weg, war schon in der Tür, als er stehenblieb und sich nochmals umwandte. „Hatten wir nicht ausgemacht, daß der Katalog in der *Times* gesetzt wird? Sie haben die *Garamond* genommen."
„Ich dachte, das wäre schöner", sagte Burgstaller.
„Schöner, sowas!" Der Chef schüttelte den Kopf. Er trat hinaus in den Gang, seine Schritte hallten, Burgstaller stand auf und schloß die offengebliebene Tür. Dann blätterte er den dicken roten Ordner mit den Schriftmustern durch, verglich. Auf der ganzen Erde gibt es keine zwei Blätter, die einander völlig gleichen, dachte er. Wir müssen wieder lernen, die Vielfalt in uns zu entdecken, dachte er. Menschen, die zur selben Zeit aufstehen, die gleichen Kaufhauskleider tragen, dieselbe U-Bahn benützen, im selben Büro sitzen, die gleiche Arbeit verrichten, auf ein und dieselbe Uhr starren und deren Gedanken einander zum Verwechseln ähnlich sind, sind schrecklich, dachte er. Deshalb hatte er begonnen, Augenblicke und Orte zu sammeln, die ihm, vielleicht *nur* ihm, etwas bedeuteten. Ein Freiraum, wenigstens in seinem Kopf.

Später Nachmittag; er saß im noch stehenden Zug, im beleuchteten Speisewagen, und blickte in den dunkler werdenden Tag. Draußen gingen Menschen vorbei, Reisende mit Koffern und Taschen; in der Scheibe, durch die er hinausblickte, spiegelten sich die Gesichter und Oberkörper der Speisewagengäste. Mit einem Blick sah er beides: die Menschen draußen; die Spiegelbilder. Es war, als würden zwei Welten einander durchdringen.

Abends, nach der Arbeit, blätterte Burgstaller in dem indianischen Buch, er hatte ein Freiexemplar bekommen. Er fuhr mit der Fingerkuppe des rechten Zeigefingers über das rauhe Werkdruckpapier, er sah die Bilder an, die indianischen Gesichter, er schämte sich, als er die Texte las: Wenn du kommst, weißer Mann, müssen wir sterben ...
Am späten Vormittag des nächsten Tages brachte Burgstaller dem Chef den druckfertigen Umbruch für den Katalog. Der Chef telefonierte, er nickte nur, nahm die Blätter entgegen, schob ihm einen anderen Auftrag über den breiten Schreibtisch hin und machte dazu eine Geste, die wohl heißen sollte: Beeilen Sie sich damit!

Sommer, in der kleinen Wohnung am Stadtrand: die offene Balkontür; die Pappel draußen wiegte sich einige Augenblicke lang im Rhythmus der Musik, die aus dem geöffneten Fenster der Nachbarwohnung kam. Ein besonderer Tag, ein Tag, an dem die Dinge sichtbar wurden, als Einzelheiten, für sich, ohne von diesem oder jenem in Dienst genommen

zu sein, ohne Aufgabe. Der Vorhang, weiß, von kleinen Quadraten durchbrochen; die Schreibtischlampe, Fingerabdrücke als Muster in der Staubschicht auf ihrer Standfläche; der verzierte Messingständer für die Räucherstäbchen, zwei halbkugelförmige Hälften, die, wenn man sie gegeneinanderschlug, wie leise Tschinellen klangen; die Räucherstäbchen daneben; ihre Namen auf den langen pastellfarbenen Hüllen: Joie du Soleil, Gardenia, Song of Bengal ...

An seinen Arbeitstisch zurückgekehrt, öffnete Burgstaller das Kuvert mit dem neuen Auftrag. Eine Videothek wollte zur Eröffnung einen Faltprospekt mit Sonderangeboten herausbringen, *heiße Filme für kühle Rechner,* las er auf der ersten Seite der Satzvorlage, *knallharte Szenen zu knallhart kalkulierten Preisen* auf Seite vier.

„Ich habe ein Anliegen, Chef", sagte Burgstaller später, er sprach zögernd, als müsse er jedes Wort erst mühsam aus seinem Gedächtnis hervorholen.

„Ja?"

„Ich kann diese Prospekte schon nicht mehr sehen. Drum wollte ich fragen, ob ich mich nicht spezialisieren könnte, auf Bücher. Ansonsten — es ist fast so, daß sich meine Finger weigern ..."

„Was reden Sie da für Unsinn", unterbrach ihn der Chef. „Sie machen, was ich Ihnen gebe. Noch keine zwei Monate bei uns und verlangt schon Extrawürste. Kommt nicht in Frage!" Er wandte sich demonstrativ dem Telefon zu und begann zu wählen; nach drei Ziffern legte er wieder auf. „Übrigens, Burgstaller, wenn Sie schon da sind. Ich höre von Ihren Kollegen, Sie sondern sich ab. Das wünsche ich nicht. Wir sind ein *Team!*" Er dehnte den Vokal des letzten Wortes künstlich in die Länge und drehte sich wieder, diesmal endgültig, zum Telefon.

Nach der Mittagspause verließ Burgstaller heimlich das Druckereigebäude. Vom Tor in der Betonmauer aus, über die die schiefe Fichte schaute, betrachtete er es noch einmal, lange und genau, als müßte er es zuhause nachzeichnen: ein häßlicher rotgestrichener Klotz, der wie ein zu kurz geratener Kopf zwischen zwei nur wenig niedrigeren Bauten steckte. Burgstaller trat aus dem ummauerten Parkplatz der Firma auf die Straße, wo ihn der Wind empfing, kühl, aufmunternd, fast wie ein Körper.

Der Baukran

„Lisa, Mädchen, komm herunter!“ rief Lisas Vater und versuchte, seine Verzweiflung hinter einem fast gebieterischen Ton zu verbergen; dann wieder wurde die Stimme beinahe weinerlich. „Lisa, bitte, bitte, bitte, tu uns das nicht an!“ Lisas Mutter stand daneben, schon seit Stunden jetzt, hatte eine Hand wie den Schirm einer Mütze an die Stirn gelegt und schaute hinauf, den Kopf im Nacken, das Ziehen die Wirbelsäule hinunter spürte sie schon nicht mehr. Sie sagte kein Wort, ihre Lippen waren wie zugeleimt, aber ihr entging nicht die kleinste Bewegung ihrer Tochter.

Der Kran überragte selbst die höchsten Wohnblocks der Siedlung, die fünf Hochhäuser ausgenommen. Er war grellorange gestrichen und trug wie einen Ausschlag in roten Lettern den Namen der Baufirma. Der Schwenkarm stand still, die Kranführerkabine war leer. Lisa war bis an den Rand das Kranarmes hinausgeklettert, dort saß sie jetzt auf einer Querverstrebung, gab keinen Ton von sich, das einzige, was sie anfangs hinuntergerufen hatte, waren die Worte gewesen: „Wenn mir jemand nachklettert, spring ich gleich!“

Ich mache eine neue Erfahrung, Ines. Ich bin wichtig. Mit einem Schlag bin ich wichtig. Für meine Eltern, für die Lehrer, stell dir vor, sie haben extra den Brandstätter hergeholt, damit er mit mir redet. Auf mich *einwirkt* wohl, wie sie es nennen würden. Auch für die Feuerwehrmänner bin ich wichtig, die stehen jetzt schon die ganze Zeit mit ihrem Sprungtuch da unten und starren zu mir herauf. Widerlich ist das, verstehst du? Auch der Bezirksvorsteher ist da, er hält sich ab und zu ein Megaphon vors Gesicht, das aussieht wie eine zu groß geratene Nase, die Knollennase eines Verwunschenen aus einem Märchen. Dann spricht er langsam auf mich ein, Ines, er spricht zu mir wie zu einer Debilen. Wir alle haben manchmal große Probleme, liebe Lisa, glaub mir, oder muß ich Sie zu Ihnen sagen, Fräulein — mir ist es scheißegal, wie er mich anredet, er hat in meinem ganzen Leben noch nie mit mir gesprochen, und jetzt tut er so vertraulich, er soll den Mund halten, das wär mir das liebste. Ach, Ines, du gehst mir so ab, ich kann dir nicht sagen, wie. Geht es dir ähnlich? Geht es dir überhaupt noch? Weißt du, ich hab mir gedacht, ich sag dir alles, vielleicht kannst du mich hören, ich stell mir einfach vor, du hörst mich. Du hast immer alles über mich gewußt, hast meine Tagebücher gelesen, meine Briefe in den Ferien, wenn du fort warst und wir uns nicht täglich gesehen haben.

Ich schreibe dir jetzt in Gedanken, Ines, ich hoffe, du kannst sie lesen, dort, wo du bist.

Ein Bursch aus Lisas Schule hatte sie auf dem Kran entdeckt, spätnachmittags, die Arbeiter waren schon heimgegangen; er hatte vor dem vom Smog der Stadt verdünnten Sommerhimmel, auf dem leuchtfarbengrellen Baukran einen dunkelblauen Fleck entdeckt, Lisas Sweatshirt und Jeans; dieser Fleck war ihm zunächst wie ein Loch in den gitterartigen Verstrebungen des Kranarms erschienen, als wären dort einige Metallstäbe ausgebrochen und ein dunklerer Himmel schaute hindurch. Dann war er stehengeblieben und hatte genauer hinaufgeblickt, er sah Lisas dunkle Haare, hinten zu einem Zopf geflochten, er sah ihre Gesichtsumrisse, erkannte sie. Sofort hatte er den nächsten Passanten aufgehalten und ihn zu ihren Eltern geschickt. Er hatte versucht, mit Lisa ein Gespräch zu beginnen, so ruhig wie möglich, aber sie hatte auf seine Anrufe nicht reagiert, höchstens mit einem Schlenkern ihrer Beine, einem Schräglegen des Kopfes, wobei der lange Zopf wie ein Lot Richtung Erde zeigte.

Ich war entsetzt, Ines, richtig entsetzt und betroffen, als ich im Fernsehen die Bilder sah, zwei Fotos, nur kurz eingeblendet, die Sendung ging ja sofort weiter.

Das Auto hätte ich fast nicht mehr als Auto erkannt. Auf dem anderen Bild ein Augenzeuge, dem ist der Schrecken ins Gesicht gezeichnet gewesen. Ich hab von den restlichen Nachrichten nichts mehr aufnehmen können, hab immer nur die beiden Bilder vor mir gesehen. Auf einer Wochenendfahrt verunglückt. Das war letzten Sonntagabend, sie haben keine Namen genannt. Am Tag darauf in der Schule war dein Platz neben mir leer.

Ines, Liebes!

Andererseits ist es hier oben richtig schön, ich fühle mich frei, unbelastet, herausgehoben aus all dem Scheißdreck. Der Kran hat mich jedesmal angelockt, wenn ich daran vorbeigekommen bin, verstehst du? Als wäre er für mich aufgestellt worden und nicht für das neue Pfarrheim. Ich sehe alles von hier oben, die Häuser erinnern mich an den Baukasten, den mein Bruder einmal gehabt hat, alles steht in rechten Winkeln zueinander, wie in *Darste* in der Schule, entsetzlich, auch die Symmetrieachse seh ich, sie läuft mitten durch die Siedlung, aber von hier heroben ist das alles nicht so schlimm, ich bin drüber, verstehst du? Ich seh auch das Haus, wo ein Teil der Fassade bemalt ist, ich seh die roten und grünen und gelben Schlangenlinien aus dem Grau der Fassade leuchten. Warst es nicht du, Ines, die mir erzählt hat, daß die Bewohner damals Schwierigkeiten bekommen ha-

ben, mit dem Bauamt? Daß sie die Farben wieder übermalen hätten sollen, oder Strafe zahlen?
Mich stört nur eines da unten: daß das Blaulicht des Feuerwehrwagens immer noch blinkt, und die Leute. Die stehen immer noch mit ihrem Sprungtuch da, die Helme auf dem Kopf. Komisch, daß mir meine Eltern überhaupt nicht leid tun.

Die Menge, die vor dem Parkplatz um die offene Baugrube stand, war allmählich angewachsen, Vorübergehende stellten sich dazu, schauten hinauf, einzelne lösten sich bereits wieder aus der Versammlung, „Hoffentlich springt sie nicht", Lisas Vater machte immer noch in regelmäßigen Abständen seine Versuche, die Mutter blickte zu Boden, in die Baugrube, dann auf den mit Steinen durchsetzten Aushub. Der Bezirksvorsteher hatte sein Megaphon neben sich auf die Erde gestellt, er sprach mit einem Gemeinderat, hinter vorgehaltener Hand, als könnte Lisa sein Flüstern sonst hören. Auch der Pfarrer war nun gekommen, Brandstätter, Lisas Lieblingslehrer, rief einige Worte hinauf, „Lisa, komm herunter, wir mögen dich alle", sie gab keine Antwort.
„Wie die da hinaufgekommen ist, so ein dünnes Mensch", sagte eine Frau in der Menge. „Sie ist eine gute Turnerin", preßte die Mutter hervor, „schon als Kind ist sie überall herumgeklettert." Die Sonne

stand bereits tief, bestrahlte den Baukran gleißend, die Leute wandten geblendet die Blicke ab, bevor sie wieder hinaufschauten, hielten sich vorher an den gewohnten Häusern fest, den Autos auf dem Parkplatz, den Straßenschildern.
Später kam ein Betrunkener vorbei, blieb stehen, fragte, was denn hier los sei. Er brauchte lange, um zu begreifen. Dann stand er gaffend mit geöffnetem Mund, hob die Hand mit ausgestrecktem Zeigefinger und grölte: „Spring, traust dich ja doch nicht!"

Es ist komisch, Ines, ich sehe alles wie aus der Hochhausperspektive, und doch ist es anders, ganz anders. Irgendwie schöner, freier. Und keiner kann mir was anschaffen, ich laß mir einfach nichts mehr sagen. Auch vom Brandstätter nicht, seit der uns beide damals so zusammengestaucht hat, du weißt, beim Rauchen im Schulhof, seitdem ist er für mich gestorben. Grad von ihm hätt ich das nicht gedacht, daß er einen gleich zum Direktor schleppt. Weißt du, gerade habe ich entdeckt, daß ich nicht nur hinunter, sondern auch hinauf schauen kann. Das ist witzig, man wird schwindlig dabei. Wolken, Flugzeuge, Vögel. Die da unten. Und ich dazwischen, und in der Ferne seh ich die Berge, den Wald, wo wir manchmal spazierengegangen sind, erinnerst du dich?

Vom Geri will ich dir noch erzählen, dem blonden Geri, mit dem ich in die Tanzschule gehe. Letzten Mittwoch war er sehr lieb zu mir, weißt du, ich bin tanzen gegangen, ich wollte mich ablenken, ich hoffe, du bist mir nicht bös. Sein Glied war steif, als er mich nach dem Tanzen umarmt hat, ich habe es deutlich gespürt. Dann bin ich mit ihm heimgegangen, seine Eltern waren fort, im Kino, wir haben Musik gehört und uns geküßt, er hat mich ausgezogen und ich ihn. Es war schön, und ich habe dich eine Zeitlang vergessen, Ines, Liebes, verstehst du?

„Ich mache mir Vorwürfe, obwohl ich mir nichts vorzuwerfen habe", sagte Brandstätter zu Lisas Vater. „Ich hätte ihr auf den letzten Test einen Vierer geben sollen oder besser die Arbeit gar nicht benoten, ich habe nicht geahnt, daß es ihr so schlecht geht." Der Vater nickte nur, sagte nichts. „Aber die anderen aus der Klasse haben das ja auch besser verkraftet, die Arbeit ist kaum schlechter ausgefallen als sonst", versuchte es Brandstätter noch einmal. „Sie hat immer sehr nett von Ihnen gesprochen", sagte Lisas Mutter unerwartet.

Aber schon vor Geris Haus, als er mit mir auf den Bus gewartet hat, hab ich gemerkt, daß du mir ja viel wichtiger bist als er. Ich hab geweint, Ines, ich

hab mich geschämt. Du darfst mir nicht bös sein, daß ich das gemacht hab, so kurz nach deinem Tod, ja? Bist du mir bös? Ich kann meinen Gedanken an dich nicht entkommen, ich will es auch gar nicht, sie sind da wie eine Überstimme zu allem, was ich denke und fühle, verstehst du?
Die Sonne steht jetzt schon tief, bald wird sie hinter den Bergen verschwunden sein. Ich sehe sie länger als die da unten. Mama und Papa und all die anderen, wie lange sie da schon stehen, mir ist das unangenehm. Sie sollen mich in Ruhe lassen. Wenigstens der Bezirksvorsteher geht jetzt, er steigt in sein Auto. Ich müßte aufs Klo, Ines, aber ich werde es schon noch eine Zeitlang aushalten. Der Brandstätter redet dauernd mit meinen Eltern. Daß mir der einmal gefallen hat, dir ja auch! Wir haben uns täuschen lassen von seinen langen Haaren und seinen Augen. Der Pfarrer hat bisher noch nichts gesagt, er nimmt das Megaphon. Ich kann mir jetzt schon denken, was er mir sagen wird.
Ines, Ines, Ines, ich hab dich lieb!

Die Menge schrie auf, die Feuerwehrleute spannten das Sprungtuch fest, als sie sprang.

Warten

Kurz nach Mitternacht; er saß auf einer weißen Holzbank in einem Krankenhaus der Stadt. Seine Frau befand sich im Aufnahmezimmer, wurde gerade untersucht. Fruchtblasensprung: zuerst nur ein paar Tropfen, durchgesickert durch Unterwäsche und Kleid; dann mehr, ein heller Fruchtwasserstrahl. Sie hatten sofort die Rettung angerufen, die hatte einige Zeit gebraucht, das Haus in der Siedlung zu finden.
Im Spital war er ruhig geworden, ganz plötzlich. Die Aufregung hatte sich gelegt, das Zittern seiner Hände hatte aufgehört. Auch die Zeit, die verlaufende Zeit, schien verschwunden zu sein, seine Gedanken oder zumindest das, was an ihnen bewußt war, ebenso.
Durch den Gang des Spitals, auf dem bloß ab und zu eine Schwester zu sehen war, war ein leichter Luftzug spürbar. Draußen blies der Wind, und er hörte das leise Klappen verzogener Türen und Fenster, die nicht ganz schlossen. Der Gang, in dem er saß, war mit quadratischen Bodenplatten ausgelegt, deren Muster wie verwischte Tintenzeichnungen wirkten.
Sie hatte noch keine Wehen. Er versuchte, sie sich auf dem Hochbett im Aufnahmezimmer vorzustellen, sich ihr Gesicht, ihre Gefühle zu vergegenwärtigen, und ließ sich dann, als es ihm nicht gelingen

wollte, wieder zurückfallen ins Zeitlose, Stille. Er blickte den menschenleeren, schwach beleuchteten Gang entlang. Er war zuversichtlich und erkannte diese fraglose, unverlangte Zuversicht wieder: er hatte sie schon früher manchmal verspürt, vor Prüfungen an der Hochschule, als der Druck und die Spannung, meist kurz zuvor, plötzlich von ihm abgefallen und einer unerklärlichen Ruhe gewichen waren; dieselbe Zuversicht, als er seine Frau kennenlernte, nach ein paar Treffen bereits, als zwischen ihnen noch gar nichts ausgesprochen war. Hin und wieder warf er einen Blick auf die große Uhr an der Stirnseite des Ganges, um die äußere Zeit nicht aus den Augen zu verlieren; der Zeiger rückte lautlos vor. Aus einem der Zimmer trat eine mit Nachthemd und offenem Schlafrock bekleidete Frau und ging auf die Toilette zu; er sah, daß sie blaß und erschöpft war. — Der Wind blies mit unverminderter Stärke, und vom Gangende mischte sich Kindergeschrei in sein Rauschen. Jetzt, ganz deutlich! Wie lange es bei ihr wohl noch dauern würde? Der Wind warf irgendwo ein Fenster auf.

Der Arzt hatte ihn heimgeschickt. Zuhause, als er allein im plötzlich viel zu breiten Doppelbett lag, kam Unruhe in ihm auf. Angst vor Komplikationen bei der Geburt, Angst davor, daß das Kind vielleicht nicht gesund war; er ließ das Radio eingeschaltet. Um zwei Uhr hörte er die Nachrichten, sah die dazugehörigen Bilder vor sich: Ostern im Heiligen Land, Zwischenfälle befürchtet, Bewaffnete auf den Dächern; britische Flotte auf dem Weg nach Südamerika, Flugzeugträger mit Bombern und Hubschraubern bestückt, junge Soldaten, die Kniebeugen machen, um fit zu sein für den Kampf... In eine solche Welt würde ihr Kind hineingeboren werden. Er drehte sich auf den Bauch und spürte, überdeutlich, wie seine Halsschlagader pochte. Er stand auf, schaltete das Radio ab. Lange starrte er aus dem Fenster auf die Siedlung, die im Mondlicht aussah wie eine Geisterstadt.

Als er am Morgen erwachte, lag Schnee. Das erste, was er vom Balkon aus sah, war ein gelbblühender Forsythienstrauch im Schnee; der Himmel über den Wohnblocks voll kleiner grauer Wolken. Er aß sein Frühstück und machte sich auf den Weg ins Spital. Dort fand er seine Frau, bei der im Lauf der Nacht leichte Wehen eingesetzt hatten, bereits im Kreißsaal. Es war kurz nach acht, sie durfte noch herumgehen. Sie waren im Kreißsaal die einzigen; er hatte von der Schwester einen verknitterten grünen Mantel mit weißen Armbündchen bekommen, sie trug ein kurzes weißes Nachthemd, an dem einige Bänder zum Zuschnüren fehlten.

Zu zweit standen sie am Fenster, blickten auf die in verschiedenen Neigungswinkeln abgeschrägten Dächer hinab, auf denen noch Schnee lag, der langsam taute; in den Gärten leuchteten die Schneeblüten der Zierkirschenbäume und das Weiß der Marillenblüten. Die Wehen kamen im Abstand von vier fünf Minuten, drei vier Minuten, noch unregelmäßig und kurz. Sie lächelte ihn fragend an und legte sich dann auf das Bett. Er besah sich die Ausstattung des Zimmers: Sauerstoffgeräte; Metallschüsseln; verschiebbare Faltwände zwischen den Betten; eine Kinderwaage; Bändchen mit roten Nummernplättchen daran. Er bat um einen Sessel und setzte sich zu ihr ans Bett. Seine Ruhe war zurückgekehrt.
Eine Jugoslawin wurde in das Zimmer gebracht und auf ein Bett hinter der Trennwand gelegt. — Er sprach seiner Frau Mut zu, hielt ihre Hand. Ab elf Uhr wurden die Wehen stärker, die Abstände kürzer. Er verfolgte ihren Ablauf mit seiner Taschenuhr, sagte seiner Frau, wann der Schmerzpunkt überschritten war, die Wehe ausklang. Draußen waren die Dächer bereits trocken, die Sonne begann die Ziegel zu wärmen; nur der Hügel im Hintergrund war noch weiß von einer dünnen Schneeschicht.
Sie lag auf die Seite gedreht am Bettrand, das Gesicht voller Schmerz. Er hatte Angst, daß sie vom Bett herunterfallen könnte. „Gleich“, sagte er, „gleich ist es

wieder vorbei." Von drüben kam das Stöhnen der Jugoslawin, der die Hebamme einschärfte, nicht jetzt schon mit dem Pressen zu beginnen. Etwas später dann, der Arzt war bereits im Zimmer, das Kommando der Hebamme: „Beim nächsten Mal mitpressen, Frau!" — Gegen zwölf hinter der Trennwand das Geschrei eines Babys.

„Wann ist es bei mir endlich soweit", sagte sie zwischen zwei Wehen. „Bald", sagte er, „bald". „Ich kann nicht mehr lang", sagte sie. „Entspann dich", sagte er, „atme ruhig, ganz ruhig." „Es kommt schon wieder eine", sagte sie. „Wie lange noch?"

Der Abstand zwischen den Wehen war zusammengeschrumpft; kaum hatte sie sich von einer erholt, kam die nächste.

„Du bist tapfer", sagte er.

„Nein", sagte sie. „Überhaupt nicht! Das Baby soll kommen!" Sie biß sich auf die Lippen; Haare fielen ihr ins Gesicht, als sie den Kopf wandte. Sie kämpfte. Sie hielt die linke Hand unter dem Nabel gegen ihren gewölbten Bauch gepreßt, leckte sich mit der Zunge den ausgetrockneten Mund. Er spürte, wie ihre rechte Hand die seine immer fester drückte. Er sprach zu ihr. Dann weinte sie, hielt sich den Kopf. Obwohl er merkte, daß seine Trostworte nicht mehr ganz zu ihr durchdrangen, versuchte er seine Stimme so gelöst wie möglich klingen zu lassen.

Aber je öfter er seine Tröstungen wiederholte, umso wirkungsloser kamen sie ihm vor.
„Bald."
In den kurzen Pausen zwischen den Wehen schloß sie die Augen und atmete erschöpft. Er strich ihr über den Bauch, übers Gesicht. Er küßte sie leicht auf die Hand. Der Arzt und die Hebamme kamen ans Bett herüber. „Mit der nächsten Wehe mitpressen!" sagte die Hebamme. „Drehen Sie sich auf den Rücken, und wenn die nächste Wehe kommt ... Ist sie schon da?"
„Ich weiß nicht", sagte sie, „es tut *alles* so weh."
„Pressen Sie!"
Der Arzt und er halfen ihr, ihre hochgestreckten, gespreizten Beine zu halten. Er stützte mit der Linken ihren Kopf, ließ ihn auf Anweisung des Arztes immer dann leicht zurücksinken, wenn sie, zwischen den Preßwehen, Atem schöpfte.
„Fester pressen!"
„Ich hab keine Kraft mehr."
„Es dauert nicht mehr lange."
Die Anwesenheit von Arzt und Hebamme hatten ihn wieder gefaßter gemacht. Er betrachtete seine Frau, ihr von der Anspannung gerötetes Gesicht. Mit den zusammengekniffenen Augen und dem während des Pressens geschlossenen Mund wirkte sie auf ihn wie ein verzweifeltes Kind. Er fühlte ganz deut-

lich, daß er sie liebte. Wenn er seine wiedergewonnene Ruhe auf sie übertragen, ihr einen Teil der Anstrengung abnehmen könnte ...
„Gleich!" (die Hebamme)
„Du machst es sehr gut!" (er)
„Nur noch ein, zwei Wehen." (der Arzt)
Ein Teil des Kinderkopfes wurde in der Scheidenöffnung sichtbar.
„Es kommt schon!"
„Pressen, länger pressen!"
Ihr Hals und Nacken waren von winzigen roten Punkten übersät: vor Anstrengung geplatzte Äderchen. Er sah, daß sie die letzte Kraft gab, die in ihr war. Er war hellwach. Ein Dammschnitt wurde gemacht. Der Arzt setzte sich auf das Kopfende des Bettgestells und drückte, während sie preßte, von oben her gegen ihren Bauch. Der Kopf des Kindes erschien ganz. Das Baby glitt heraus: ein Bub.
Als die Hebamme das Kind hochhob, begann es zu schreien. Der Arzt durchtrennte die Nabelschnur, die Hebamme versorgte das schreiende Kind, wog und maß es, tropfte ihm die Augen ein. Dann legte sie es der Mutter auf den Bauch: mit einemmal war es still.
Sie lächelte, suchte seinen Blick.
Als er später, weil ihn die Sonne blendete, aus dem Fenster schaute, sah er, daß der Hügel im Hintergrund schneelos und grün war.

Kopf gegen Beton

Der Bub war fünf, den ganzen Tag draußen, Sommer und Winter, fast immer allein, nur zu den Mahlzeiten ging er ins Haus und dann abends, wenn die Mutter von der Arbeit kam. Er turnte an der rostigen Klopfstange an der Stirnseite des Wohnblocks, er kletzelte die wärmedämmende Styroporschicht von der Mauer, er pißte Muster in den Schnee, wenn niemand hersah, er fing Schnecken ein und setzte sie in ein Grasnest, er fing Spinnen und Weberknechte und riß ihnen die Beine aus, er suchte bei den Mülleimern nach Brauchbarem, fand einmal dies, eine alte Puppe, der die Arme fehlten, einmal das, ein zerkratztes Feuerwehrauto mit drei Rädern, er war ständig verrotzt, sprach kaum, wenn, dann sehr leise, fast wie zu sich selbst. Er lief mit einem Ast, den er irgendwo abgerissen hatte, durch die Siedlung, ließ ihn an den eisernen Zaunstäben der Bungalowvorgärten entlangratschen, daß man den Hall weithin hörte. Am Sonntag nahm er die Zeitungen aus den überall aufgehängten Plastikbehältern, brachte sie in Unordnung, steckte sie wieder zurück. Aus dem Automaten an der Bushaltestelle holte er mit viel Geduld und Geschick Kaugummis heraus, ohne je ein Geldstück eingeworfen zu haben. Er fütterte im

Winter die Vögel mit Körnern, die er zuvor aus Vogelhäusern genommen hatte, er rannte pfeifend durch den Schnee, durch den Matsch, durch das spärliche Gras.

Sie saß an der Kasse, heute schmerzte ihr wieder der Rücken; sie hatte gedacht, diesen Zustand hätte sie ein für allemal überwunden, in all den Jahren. Das widerliche Fiepen der Automatik beim Eintippen der Preise gellte ihr in den Ohren. Üblicherweise hörte sie es schon gar nicht mehr, aber in manchen Momenten war es plötzlich überfallsartig da, aufdringlich, laut, es sprengte ihr fast den Kopf. Und immer die gleichen Waren, Suppen, Käsesorten, Gläser mit Gurken oder Marmelade, Brote, Gebäck, Waschmittel, Waren, die sie selber nicht mehr hätte kaufen mögen, hätte ihr die Firma nicht einen geringen, aber über die Monate hin doch spürbaren Rabatt gewährt. Immer die gleichen Waren, nur die Zusammenstellung änderte sich. Der Freitags-, der Samstagsrhythmus lief schneller, das Förderband neben der Kasse war ständig voll, ihre Finger tippten, als gehörten sie nicht zu ihr, sie saß dahinter, sah diesen über die Tasten rasenden fremden Fingern zu, hörte das nervöse Piepen ihrer und der anderen Kassen, zog sich zurück in einen Winkel ihres Kopfes, aus dem sie nur für Momente wieder auftauchte, um freundlichen Kunden, die ihr ein schönes Wochenende wünschten, mit einem „Danke, gleichfalls“ zu antworten. — Dann gab es wieder Zeiten, in denen der Supermarkt fast leer, die Kunden weniger gereizt waren, da dachte sie dann an Stefan, sofern der Filialleiter sie nicht sogleich von der Kasse wegholte und kleine rote Preiszettel auf Flaschen, Dosen, Päckchen kleben ließ. Und ab fünf dachte sie an den Autobus, der sie aus der Stadt in die Siedlung bringen würde. — Aber erwartete Stefan sie überhaupt, freute er sich auf sie?

Der Bub hatte einen Lieblingsplatz am Rand der Siedlung, dort, wo das verbaute Gebiet in hügeliges Gestrüpp überging, wo es unter dem hohen Gras verborgene Eintiefungen gab, in denen man sich verkriechen konnte, wo ein ausgetrockneter, fast kreisrunder Ziegelteich eine Mulde bildete, die von außen nicht einsehbar war. Das Gebiet war nicht sehr groß, die Siedlung begrenzte es gegen Osten, im Westen verlief eine Straße, dahinter Felder. An den Vormittagen hatte der Bub das Gelände für sich, genoß es, allein zu sein, baute Hütten in die Vertiefungen, deckte sie mit Zweigen, mit ausgerupftem Gras, lag drinnen und döste, sprang wieder heraus, turnte in der Mulde des Ziegelteiches herum, schichtete Steine auf, über die er sprang, baute sich Hindernisse; biegsame Weidenruten, mit beiden Enden in den Boden gesteckt, wurden zu Bogentoren, durch die er kroch, eines hinter dem andern, ein richtiger Hindernislauf, er bemühte sich, schnell zu sein, dann lag er in der Sonne oder im Schatten, mit klopfendem Herzen, und schaute die Wolken an, die über die Siedlung zogen, in der fast immer Wind wehte. An den Nachmittagen hieß es vorsichtiger sein, da waren oft auch Schulkinder oder Größere in den Hügeln, er war schon zweimal verprügelt worden, als sie ihn in einem seiner Laubhäuser entdeckten. Einmal, abends, hatte er am Rand der Ziegelteichmulde, hinter einem dichten Gesträuch, zwei Jugendliche bemerkt, die sich umschlungen hielten, der Junge lag auf dem Mädchen, er war nähergeschlichen und hatte ihr heftiges Atmen gehört. Und dann waren da die zwei Männer gewesen, vor einigen Wochen, zwei Männer, die mit ihm unbekannten Geräten hantierten, durch Irgendetwas auf einem hohen, dreibeinigen Ständer blickten und ihn verjagten, als sie ihn sahen.

Frau Wienold schaute auf die Uhr. Jetzt war dieser Fratz schon wieder nicht da! Die Suppe stand auf dem Herd und kochte, das Fett brutzelte in der Pfanne, die Fischstäbchen lagen bereit. Sie trat ans Fenster, öffnete es, schrie: „Stefan! Stefan! Stefan!" Sie schloß das Fenster sofort wieder, ohne richtig hinaus-

geblickt zu haben. Dieser Fratz! Nie war er pünktlich zum Mittagessen da. Dabei schärfte sie ihm doch täglich ein, er dürfe nur *vor* dem Haus spielen, wo sie ihn im Blickfeld habe. Er hörte wohl nicht einmal zu. Na ja, kein Wunder, dachte sie, ohne Vater aufgewachsen, keinen Respekt, das Kind. Wenn das so weiterging, würde sie seiner Mutter das Kostgeld hinaufsetzen müssen, das war ohnehin lächerlich niedrig, und sie hatte es seit drei Jahren nicht mehr erhöht. Wer war sie denn, dachte Frau Wienold, sie machte sich ihre Nerven kaputt, schaute den ganzen Tag auf diesen Fratzen, teilte ihre Zeit danach ein, wer war sie, daß sie das aus reiner Liebe und Menschenfreundlichkeit tat?! Wer hatte denn ihr geholfen, bei ihren eigenen Kindern? Niemand. Und jetzt kam dieser Fratz schon wieder nicht pünktlich zum Essen.
Frau Wienold legte die Fischstäbchen, eins neben das andere, in das zischende Fett. Wäre er doch im Kindergarten geblieben, dachte sie. Aber nein, wochenlang hat er hinter einem Vorhang geheult, hat sich vor den anderen Kindern verkrochen, hat sich die Ohren zugehalten, wenn sie gesungen haben, und ich hab mir das anhören müssen, wenn ich ihn abholen gegangen bin! Reden Sie mit Stefans Mutter, hat die Tante gesagt, er fügt sich nicht ein, er zerstört mir die Gruppe, verhaltensgestört, hörte man hinter vorgehaltener Hand, ich bin nicht seine Oma, hatte Frau

Wienold gesagt, vom Sonderkindergarten war die Rede, dort gehört er hin, meinte eine Mutter.

Dann ging alles sehr schnell. Die Bagger kamen, planierten die Hügel mitsamt dem Gestrüpp, schütteten die Teichmulde zu, der Bub stand vor dem nun abgezäunten Gelände und starrte gebannt auf die Maschinen. Wie riesige Monster, wie die Drachen in seinen Angstträumen bewegten sie sich, unaufhaltsam. Er hatte es aufgegeben, um jedes einzelne seiner Verstecke zu trauern, es war sinnlos. Er stand da und starrte, von morgens bis abends, irgendwann ging er essen. „Na, das gefällt dir wohl“, sagte einer der Arbeiter, „würdest sicher gern einmal selber mitfahren?“ Er wandte sich ab, lief davon, sagte kein Wort.
Wochen später standen die Garagen bereits. Der Bub hatte zugesehen, wie die riesigen Betonfertigteile herangeschafft, von Kränen und Baumaschinen zusammengefügt worden waren. Dann hatte man die Dächer aufgebracht, flache, leicht abgeschrägte Metalldächer, damit das Regenwasser abfließen konnte. Zuletzt wurden die Zufahrtswege asphaltiert, der Bub stand neben dem Teerkocher und schaute zu, die Bauarbeiter hatten sich an ihn gewöhnt, sie sprachen ihn nicht mehr an.
Stefan sammelte Steine, steckte sie in seine Hosentaschen, bis diese pralle Ausbuchtungen waren, er sam-

melte Steine in seinen Fäusten, bis er sie kaum mehr halten konnte, er spürte sie in seinen Handflächen, sie kratzten oder waren glatt, rund, freundlich, mit den Steinen in den Händen umkreiste er die Garagen, er ging langsam, hielt sich an den Steinen fest. An der Rückseite der vorderen Garagenfront lief er plötzlich los, stieß einen Schrei aus, hob die rechte Hand, schleuderte die Steine gegen die Mauer, warf mit der Linken, griff in seine Taschen, warf, bis sie leer waren, trommelte mit den Fäusten gegen die stumme Mauer, trat ein paar Schritte zurück, senkte den Kopf wie ein Stier, schloß die Augen, rannte los.

Macht Wohnen krank?

Nachwort von Erwin Ringel

Der Mensch unserer Tage ist auf der Flucht vor sich selbst; er will nicht „in sich" gehen, zu sich kommen, sich kennenlernen, sein wahres Gesicht im Spiegel sehen, sich an seine Vergangenheit erinnern, mit sich allein sein, weil er dann – wie es ein Spaßvogel formulierte – „sich in zu schlechter Gesellschaft befindet". So dominieren nicht die zentripetalen, sondern die zentrifugalen Kräfte: Man fährt trostlos um die Welt in immer schnelleren Verkehrsmitteln, aber entkommt sich dabei nicht. Nur eines erreicht man, um es mit Gottfried Benn auszudrücken: „Man verhindert, daß man sich ‚erfährt'."

Mit Recht hat Hans Sedelmayr den Begriff „Verlust der Mitte" geprägt. Weil unser Dasein den zentralen Punkt verloren hat, eben die leitende Idee, sind wir allen zerstreuenden, zerstörenden Kräften ausgeliefert. Einen wesentlichen Beitrag zur Veränderung dieser Situation könnte außer Zweifel auch eine neue Einstellung zum Begriff „Wohnung" leisten, denn wir sollten erkennen, daß die Wohnung ein – ja, vielleicht *der* Mittelpunkt des Lebens ist, nicht nur von materieller, sondern auch von seelischer Bedeutung.

Es geht also darum, die Wohnung zum Mittelpunkt des Lebens zu machen. Die Wohnung ist ja das Nest, in dem das kleine Kind seine ersten, entscheidenden Jahre verbringt. Sie ist das Zentrum der Familie, ein Begriff, den man nicht nur vom moralischen und religiösen, sondern auch vom psychologischen Standpunkt aus unbedingt wieder aufwerten muß, nach der Inflation, die er in den letzten Jahren erleiden mußte. Mit anderen Worten: Es sollte ernstlich überlegt werden, welches die Voraussetzungen dafür wären, daß sich der Mensch zu Hause auch wirklich wieder zu Hause fühlen kann. Im gegenwärtigen Moment ist dies viel zu selten der Fall. Der „Wert" einer Sache wird in der Konsumgesellschaft daran gemessen, wieviel man für sie auszugeben bereit ist. Nun, der Österreicher investiert zwar 29 Prozent seines Einkommens für seine „Ernährung", aber nur 9,1 Prozent für die Einrichtung, Miete und Erhaltung seiner Wohnungen. Und sie sind dann ja leider oft genug danach: weniger als „Bleibe" gedacht, sondern als ein Ort, den man möglichst rasch, nach flüchtigem Schlaf, wieder verläßt. Es ergibt sich ein schlimmer Teufelskreis: Weil wir die Wohnung nicht für wichtig halten, ist sie dann auch zum „Davonlaufen".

Von Genf hat Alfred Polgar gesagt: „Eine schreckliche Stadt; selbst die Rhone stürzt davon." So sind wir oft auch auf der Flucht vor unserem Zuhause, anstatt uns dort wohlzufühlen. Es ist fast als symbolisch zu bezeichnen, daß wir unsere Behausungen aus dem Zentrum an die Peripherie verlegt haben: Der Stadtkern wird so immer mehr durch Entleerung und Versachlichung zum kaum lösbaren Problem, aber die Trabanten-Siedlungen (schon der Ausdruck ist tragisch) nicht minder. Hier dominiert die Einförmigkeit, die geometrische Form, das Unpersönliche, das Nützliche und Unästhetische, der Betonbau, der — obwohl soeben erst errichtet — schon alt und abgewohnt aussieht, in dieser grauen Farbe der Trostlosigkeit.

Das alles hat, psycho-hygienisch gesehen, katastrophale Folgen, denn es ist, um eine Formulierung von Frederick Mayer zu gebrauchen, „eine einzige Einladung zu Apathie, Hoffnungslosigkeit und Depression". Aber auch der Psychosomatiker muß sich hier zu Wort melden: Innerhalb unseres vegetativen Nervensystems dominieren zwei Gegenspieler, der Sympathikus und der Parasympathikus. Der letztere kommt zu seinem Recht, wenn seelische Entspannung eintritt — die beschriebene Bauweise ist aber fast ein Garant dafür, daß dies nicht geschehen kann, denn Voraussetzung dazu ist, daß man sich „gemütlich" fühlen kann. Untersuchungen haben bewiesen,

daß der Blutdruck desselben Menschen in einem Betonhaus höhere Werte erreicht als in einem Holzhaus: Das letztere lädt eben mehr zur Entspannung ein.

Noch ein entscheidender Punkt: Man hat geglaubt, auf diese Weise besser und billiger zu bauen, indem man ein relativ schmales Grundstück für ungezählte Etagen benützt. In der Zwischenzeit aber wurde durch viele statistische Untersuchungen eine Tatsache mit Sicherheit untermauert: Die Zahl der Neurosen wächst mit jedem Stockwerk, das man in Hochhäusern höher wohnt. Dies kann nur dahingehend interpretiert werden, daß hier die Erschwerung des zwischenmenschlichen Kontaktes die Entstehung einer Neurotisierung enorm fördert, was natürlich für die Kinder besonders schlimme Folgen hat.

Aus gutem Grund hat man die Wohnung mit der Haut des Menschen verglichen, soll doch auch sie die Abgrenzung des Menschen bedeuten bzw. ermöglichen. Dieses Prinzip wird aber im wahrsten Sinne durchlöchert durch die dünnen Wände, welche die einzelnen Wohnungen voneinander trennen. Hier kann das Gefühl der „Privacy" nicht aufkommen; man teilt gleichsam seine Empfindungen und Gespräche unfreiwillig mit Nachbarn, die dies alles nichts angeht. Man hat festgestellt, daß in Österreich besonders in den Städten die erste Handlung eines Menschen, wenn er seine Wohnung betritt, ist, die Türe abzusperren. Angesichts der Hellhörigkeit unserer Wohnungen handelt es sich dabei aber leider teilweise nur um einen symbolhaften Akt, weil man zumindest lautmäßig das Eindringen anderer damit nicht verhindern kann.

Man sollte aber nicht vergessen, daß der Vergleich Wohnung/Haut noch eine andere Dimension eröffnet, denn dieses Organ markiert bekanntlich nicht nur unsere Begrenzung, sondern es dient auch der Berührung mit anderen, steht somit im Dienste der Kommunikation. In wunderbarer Dialektik soll sie die Abgrenzung zukünftig ebenso ermöglichen wie das Hineinwachsen in Gemeinschaften. Heute ist leider vielfach aus diesem „sowohl-als-auch" ein „weder-noch" geworden. Man hat gegen die kleinkarierte Langeweile kleiner Häuser am Stadtrand polemisiert und sich deshalb für die größeren Siedlungen entschieden, um einer besseren menschlichen Verbundenheit die Türen zu öffnen. Die Zusammenballung vieler Menschen auf engem Raum muß aber keineswegs die Entstehung echter Gemeinschaften bedingen; oft ist das Gegenteil der Fall. Wenn man nach Bremen fährt, findet man neben der Autobahn eine riesige Siedlung, aus Wolkenkratzern bestehend,

„Klein-Manhattan" benannt. Hier war bis in die kleinsten Nuancen alles geplant, was eine Kommunikation der Einwohner fördern könnte. Dennoch kam sie nicht zustande: Die Menschen lehnten diese „Zwangsbeglückung" bald ab, und obwohl die Wohnungen viel Geld gekostet hatten, wurden sie verlassen. Heute macht der ganze Komplex den Eindruck einer Geisterstadt.

Das beweist, daß um Verbundenheit und Verbindlichkeit (die Engländer nennen es „befriending") von der Basis her in geduldiger Bemühung, durch immer wieder erneuerte Gespräche und gezeigte Hilfsbereitschaft, gerungen werden muß, sie nicht „von oben" verordnet werden können. Dies bedeutet, daß eine gute Bauweise dort gegeben ist, wo der Phantasie für die Gestaltung des Raumes noch viel Spielraum offengelassen wird.

Ich möchte noch einmal zurückkommen auf den Vergleich zwischen Wohnung und Haut. Die Haut muß von förderlichen Bedingungen, von gesunder Luft und gesundem Licht, umgeben sein. Ähnliches gilt für die Wohnung: Man hat ursprünglich die Flucht aus der Stadt mit solchen Methoden propagiert: „Wir wollen Blumen und Märchen bauen und keine formalen Entscheidungen mehr. Die Maximalhöhe ist baulich vorgeschrieben; der Rest ist angewandte Sonne." Aber was ist daraus geworden? Hohe Häuser hat man immer mehr aneinandergerückt, grau in grau schauen sie sich gelangweilt an, und das Grün, das angepriesene und ersehnte, ist weitgehend verschwunden. Die Kinder, die in der Wohnung nicht schreien dürfen, haben keinen Auslauf; sie können nicht ausgelassen sein; das Paradies hat sich vielfach in ein Gefängnis verwandelt. Man kann in einer solchen Situation nur hoffen, daß sich die sogenannten Öko-Architekten, welche sich bemühen, die Harmonie von Wohnung und Umwelt neu zu entdecken, irgendwann doch durchsetzen werden.

Und noch etwas ist in diesem Zusammenhang anzumerken, nämlich daß ja im Wohnen immer auch ein soziales Problem enthalten ist. Daß es Reichen möglich ist, alle diese Träume zu realisieren, das steht ja überhaupt nicht zur Debatte. Es müßte aber eine Lösung gefunden werden, die auch minderbemittelten Menschen ein lebenswertes und nicht krankmachendes Wohnen ermöglicht.

Georg Bydlinski läßt in seiner Titelerzählung einen Buben „Mit dem Kopf gegen Beton" rennen, und wenn man so manche unserer sogenannten

Wohn-Möglichkeiten sieht, dann kann man eine Aggression schon verstehen, die hier versucht, mit Steinen gegen steinernen Unsinn vorzugehen. Meiner Meinung nach kann die Lösung aber nicht aus dem Kopf und auch nicht durch Aggression erfolgen, denn da erweist sich leider der Beton noch allemal als härter. Wir müssen vielmehr, so glaube ich, an einer Welt arbeiten, die wieder das Gefühl zuläßt, die das Erkalten, Erstarren, Entfärben, Verblassen durch sogenannte „Versachlichung" wieder aufhebt. In einer solchen Welt, die von der Jugend mit allen Kräften angestrebt wird — und dies macht sie neben vielem anderen so unendlich sympathisch —, wird jene Bauweise, die uns so verzweifelt und so krank werden läßt, keinen Bestand haben können; sie wird sich von selbst aufheben. In diesem Sinne möchte ich mit einem Appell schließen, den der Dichter Theodor Fontane in unvergeßliche Worte gekleidet hat: „O lerne denken mit dem Herzen, o lerne fühlen mit dem Geist." Oder in der Bydlinskischen Diktion: „Mit dem Herz gegen Beton."

Josef Bramer, 1948 in Wien geboren, besuchte dort die Graphische Lehr- und Versuchsanstalt und anschließend die Akademie der bildenden Künste; 1971 Meisterschulpreis der Klasse Hausner. Zahlreiche Ausstellungen im In- und Ausland (zuletzt im Salzburger Kunsthof-Weihergut anläßlich der Festspiele 1986) bestätigen seine künstlerische Bedeutung. Präsentationen in Kleinstädten sind Bramer jedoch ebenso wichtig wie Ausstellungen in den Kulturmetropolen Wien, Berlin, Paris oder Amsterdam; „Kunst" — so Bramer — „darf nicht einer auserwählten Elite und ihren wissenschaftlichen Deutungen vorbehalten bleiben."
In seinen Bildern warnt Bramer vor dem Fortschritt um jeden Preis und malt gegen die Unvernunft an. Über den Künstler und seine Arbeit erschienen eine Anzahl von Artikeln, Katalogen und das Buch „Josef Bramer".

Georg Bydlinski, 1956 in Graz geboren, lebt mit seiner Familie in der Südstadt bei Wien. Er studierte Anglistik und Religionspädagogik an der Wiener Universität (Mag. phil.), leistete den Zivildienst und ist seit 1982 freier Schriftsteller mit den Hauptarbeitsgebieten Lyrik, Erzählung, Übersetzung und Kinderliteratur. Für seine Arbeit wurde er mehrfach ausgezeichnet, u. a. mit dem Theodor-Körner-Preis 1982 und dem Förderungspreis des Landes Niederösterreich für Literatur 1985.
Zahlreiche Veröffentlichungen in Zeitungen, Zeitschriften, Anthologien und im Rundfunk, Lesungen im In- und Ausland. Buchpublikationen: „Die Sprache bewohnen", 1981, „Distelblüte", 1981, „Schritte", 1984, „Hinwendung zu den Steinen", 1984, Lyrikbände; „Weißt du, daß die Bäume reden", 1983, „Freundschaft mit der Erde", 1985, Übertragungen indianischer Gedichte und Texte (gemeinsam mit Käthe Recheis); fünf Bücher für Kinder. Bydlinski ist Mitherausgeber und Mitautor des 1985 in der edition umbruch erschienenen „Mödlinger Lese-

buchs — Annäherungen an eine Kleinstadt". Die Erzählungen des vorliegenden Bandes entstanden in den Jahren 1982 bis 1986.

Erwin Ringel, 1921 in Temesvar geboren, ist Facharzt für Psychiatrie und Neurologie, Psychotherapeut, Universitätsprofessor für Medizinische Psychologie in Wien und Vorstand der Psychosomatischen Abteilung im dortigen Allgemeinen Krankenhaus; Ringel ist ein Pionier der Selbstmordverhütung (1948 Aufbau des ersten Selbstmordverhütungszentrums der Welt in Wien) und der psychosomatischen Medizin (1954 Aufbau der ersten psychosomatischen Station in Österreich). Er war der erste Präsident der Internationalen Vereinigung für Selbstmordverhütung sowie der Österreichischen Gesellschaft für klinische psychosomatische Medizin und ist Gründungsmitglied des Internationalen Kollegiums für Psychosomatik. 1961 erhielt er den Karl-Renner-Preis der Stadt Wien; seit diesem Jahr ist er auch Vorsitzender der Österreichischen Gesellschaft für Individualpsychologie.
An die 250 Veröffentlichungen, davon rund zwanzig Bücher. Vorträge zu den Themen Selbstmordverhütung, Psychosomatik, Neurosenlehre, Sozialpsychologie, aber auch über Grenzgebiete von Psychologie, Kunst, Religion und Politik.

Hubert Rinner, 1949 in Mödling geboren, absolvierte dort Mittelschule und Höhere Technische Lehranstalt (Hochbau) und schloß das Studium des Bauwesens an der Technischen Universität Wien als Diplomingenieur ab. Er lebt mit seiner Frau in Mödling und arbeitet im Bereich der Althaussanierung in Wien.
Diverse Fotoaufträge und -publikationen, Fotoausstellungen, Buchillustrationen, Public-Relations-Arbeiten. Die Fotografien dieses Bandes entstanden 1986 im Großraum Wien.